浪人若さま 新見左近
決定版【一】
闇の剣

佐々木裕一

双葉文庫

目次

第一話　土蜘蛛組《つちぐもぐみ》　7
第二話　闇の剣　87
第三話　老剣客　149
第四話　刺客　220

徳《とく》川《がわ》家《いえ》宣《のぶ》

江戸幕府第六代将軍
寛文《かんぶん》二年（一六六二）〜正徳《しょうとく》二年（一七一二）

寛文二年（一六六二）四月、四代将軍徳川家綱《いえつな》の弟で、甲府《こうふ》藩主徳川綱重《つなしげ》の子として生まれる。綱重が正室を娶《めと》る前の誕生であったため、家臣新見正信《にいみまさのぶ》のもとで育てられる。

寛文十年（一六七〇）、九歳のときに認知され、綱重の嗣子《しし》となり、元服後、綱豊《つなとよ》と名乗る。延《えん》宝《ぽう》六年（一六七八）の父綱重の逝去《せいきょ》を受け、十七歳で甲府藩主となる。将軍家綱が亡くなった際には、世継ぎとして候補に名があがったが、将軍の座には、叔父《おじ》の綱吉《つなよし》が就《つ》いた。

五代将軍綱吉も、嫡男《ちゃくなん》の早世《そうせい》や、長女鶴姫《つるひめ》の婿《むこ》である紀州《きしゅう》藩主徳川綱教《つなのり》の死去等で世継ぎに恵まれなかったため、宝永《ほうえい》元年（一七〇四）、綱豊が四十三歳のときに養嗣子となり、江戸城西《にし》ノ丸《まる》に入り、名も家宣と改める。宝永六年（一七〇九）の綱吉の逝去にともない、四十八歳で第六代将軍に就任する。

将軍就任後は、生類憐《しょうるいあわれ》みの令をはじめとした、前政権で不評だった政策を次々と撤廃《てっぱい》。間部詮《まなべあき》房《ふさ》を側用人《そばようにん》として重用し、新井白石《あらいはくせき》の案を採用するなど、困窮《こんきゅう》にあえぐ庶民のため、政治の刷新をはかり、万民に歓迎される。正徳二年（一七一二）、五十一歳で亡くなったため、治世《ちせい》は三年あまりとごく短いものであったが、徳川将軍十五代の中でも一、二を争う名君であったと評されている。

浪人若さま　新見左近　決定版【一】

闇の剣

第一話　土蜘蛛組《つちぐもぐみ》

※

怪《あや》しき者たちを見た。

義母上《ははうえ》の屋敷で夕餉《ゆうげ》を馳走《ちそう》になり、すっかり暗くなった夜道を家路についていた時だ。

星空を見ながら不忍池《しのばずのいけ》のほとりを歩いていると、ふと気配を感じてな。いやな気配だったので、借りていたちょうちんの頼りない明かりをかざしてみたのだ。

するとな、闇に蠢《うごめ》く何者かがいた。

五人いることを、気配で知ることができた。

確か、駕籠《かご》もひとつあったような。

近づく明かりに気づいた五人は身構え、瞬時にして殺気が湧《わ》いてきた。白刃《はくじん》を抜く気配もあった。

なぜいきなりそうなるかと訊《き》くか。お峰《みね》よ、それはおれにもわからぬ。あ奴ら、何かやましいことでもしてきたか、それともこれからするのか。顔を頭巾《ずきん》で隠していたから、ろくな者ではなかろうよ。

おれはちょうちんをこうして左手に持ち、右手は懐手《ふところで》にして夜道を進んでいたのだが、殺気に応じて立ち止まり、左足を引いて身構えた。が、奴らめ、立ち向かってはこなかった。頭目《とうもく》が一味の足を止めたのだ。ゆっくり、警戒をしたまま後ずさりして、間合いを十分に取ったところできびすを返して、走り去った。

おれはな、お峰。さてはちょうちんが相手を制したな、と、一人含み笑いをしたのだよ。

蠟燭《ろうそく》が灯《とも》るちょうちんは、甲府藩《こうふはん》の家老、新見《にいみ》家の家紋が入った物だからな。奴らめ、甲府徳川《とくがわ》家家臣の家紋を見て、手が出せなくなったのであろう。

ということは、相手は侍か。まあいい、ともかく、義母上にお借りしたちょうちんが悪人どもを遠ざけてくれたおかげで、この安綱《やすつな》を抜かずにすんだ。

義母上は元気であったぞ。

藩の上屋敷に住まう義父上《ちちうえ》は、近頃義母上に顔を見せることがないらしく、齢《よわい》四十二になられた義母上は、侍女《じじょ》のお松《まつ》殿とのんびり暮らしておられる。

しかしな、義母上は何かと用事を見つけてはおれを屋敷に招き、江戸市中の見聞とやらを聞かせよと申される。

口実と申すか。お峰、それはおれもわかっているさ。今は浪々の身であるおれのことを案じて、あれこれ馳走してくださるのだ。義母《はは》の親心をありがたくいただくこととして、呼ばれた日ばかりは、たらふく食べて帰ることにしている。

今宵《こよい》も、いつもと変わりなき帰り道だったのだ。

一

夜遅く戻った若者は、仏壇に手を合わせていた。こうして欠かさず、お峰の位《い》牌《はい》に向かって拝《おが》む。

この男、名を新見左近《さこん》という。筋骨《きんこつ》たくましく、巌《いわお》のように鍛えられた体軀《たいく》の持ち主なのだが、やや膨《ふく》らみを帯《お》びた頰《ほお》は福々《ふくぶく》しく、表情は穏やかだ。

歳はまだ若いのだが、わけあって、二十二歳と騙《かた》っている。歳をごまかすために、強くもない酒を飲み、大人びたしゃべり方をしているのである。

左近は、許婚《いいなずけ》のお峰と暮らすはずだった家に、今は一人で住んでいる。

義父《ちち》が谷中《やなか》に用意してくれた屋敷は、屋敷とは言いがたいほど古くて小さな物だが、門前には松平伊豆守《まつだいらいずのかみ》の広大な下屋敷があり、両隣を寺に囲まれた閑静な場所にある。

左近が義父の新見正信《まさのぶ》と縁遠くなりしわけはのちほど打ち明けるとして、今は、例の五人組のことが気になった。

囲炉裏《いろり》に火を熾《おこ》しながら、左近は考えた。

——あの者たちは、噂《うわさ》の盗賊どもではないだろうか。

近頃江戸市中では、大店《おおだな》ばかりを狙って賊が押し入り、一家を皆殺しにして金を奪い、若い娘を攫《さら》ってゆくという、卑劣《ひれつ》な事件が起きている。

昼間、飯屋にいた棒手振《ぼてふ》りたちの噂話では、連れ去られた娘は一味の者たちにさんざん弄《もてあそ》ばれたあげく、殺されて大川《おおかわ》へ捨てられるのだという。

盗賊の名は確か、土蜘蛛《つちぐも》組。押し入られた家の者は皆殺しにされるため、姿を見た者はいない。刀の斬り口も鮮《あざ》やかで、相当な遣《つか》い手《て》が揃《そろ》っていると聞く。

先ほど出会った奴らは、仕事に向かう土蜘蛛組だったのだろうか、と左近は思った。駕籠は、攫った娘を押し込めて運ぶための物かもしれない。

ふと、浅草《あさくさ》に一人で暮らすお峰の妹、お琴《こと》のことが気になった。

お琴は左近と歳は同じだが、小間物屋の女将《おかみ》として立派に店を切り回している。

気にしはじめるといても立ってもいられなくなり、左近は安綱と脇差を手に取り、腰に落とした。

藤色の着流しに二本差しの姿で表に走り出て、夜道を浅草に向かった。

老師から譲り受けた宝刀安綱を抜くことがないよう願いつつ、寛永寺《かんえいじ》の門前を横切り、小屋敷が並ぶ小路《こうじ》を抜けて、浅草寺《せんそうじ》の風雷神門《ふうらいじんもん》前に来ると、竹町《たけちょう》の渡しの手前で辻《つじ》を左に曲がった。

花川戸《はなかわど》の一角にある小間物屋の前に来ると、左近はちょうちんの火を消して軒《のき》先《さき》に身を潜《ひそ》めた。通りには、吉原《よしわら》帰りの者や、煮売り屋で酒を飲んで帰る者の姿があるが、浅草寺の参拝者《さんぱいしゃ》や若い娘を相手に商《あきな》いをする小間物屋は、まだ日がある暮れ時に店を閉めている。

左近は木戸越しに中の様子をうかがい、潜《くぐ》り戸《ど》をたたいた。中で下駄《げた》の音がして、人の気配が近づいてくる。

「おれだ」

そう声をかけると、すぐに閂《かんぬき》がはずされて、暗闇にも映《は》える色白の顔がのぞいた。

「こんな刻限にすまぬ」

「どうぞ」

笑みを浮かべたお琴は、足下《あしもと》に蠟燭の明かりを当ててくれた。

「夕餉はまだなんでしょう。今用意しますから」

「いや、もうすませてきた。いささか気になることがあったゆえ、顔を拝みに来ただけだ」

顔を赤く染めてうつむくお琴に、

「妙な輩《やから》を見たのだ」

と言い足して、場の空気を変えた。

「家に帰る途中、五人組の覆面を見た。なあ、お琴、近頃押し込み強盗が出るのを知っているな」

「はい」

「伊野勢屋《いのせや》のこともある。賊が捕まるまでは、しばらく雪斎《せっさい》様の屋敷に戻ってはどうかな」

「それはできませんよ」

「そう膨れるな。店を閉めろとまでは言わぬ。せめて夜だけでも、な」

「琴は伯父上《おじうえ》に育てていただいた恩義がございます。たとえ夜だけでも、戻ればご迷惑となりますから」

　きっぱりと言うのにはわけがある。

　お琴は義兄《あに》の泰徳《やすのり》の嫁、お滝《たき》と気が合わず、家を出された身なのだ。

　商いをしているこの家は、養父である岩城《いわき》雪斎がお琴に買い与えた物だった。嫁に行くまで一切合切《いっさいがっさい》の面倒を請け合うと言ったのだが、お琴はそれを断り、自立して食べていくために、この三島屋《みしまや》をはじめた。半年前のことだ。

「左近様」

「うん？」

「そんなことを言うために、わざわざこんな刻限に来られたのですか」

　立腹するお琴に苦笑いを浮かべて、

「いや、まあ、お琴が一人で夜を過ごすと思うと、心配なのだ」

　と言うと、お琴がくすりと笑った。

「いかがした」

「だって、まるで父親みたい」

「笑いごとではないぞ。現に今夜も、怪しい奴らがうろついておるのだから」

「大丈夫ですよ。狙われるのは、伊野勢屋さんのような大店ばかりです」

「そうとも限らぬ。いや、ここも立派な店構えだ」

と言いながら、左近は少し恥ずかしくなっていた。つい先日も、はるか遠くの町で起きた火事に慌《あわ》てふためき、夜中にお琴を起こして笑われたばかりだ。

お峰が残した手紙に、妹のことを頼むと書かれていたものだから、何かと心配しすぎるのである。

「そうだ」

お琴が嬉しそうに手をたたき、

「そうまで心配してくださるなら、朝までいてくださいな。いえいっそのこと、ずっといてくださいまし」

と言って、妖《あや》しげな情熱を込めた目を向けてきた。

左近は空咳《からせき》をして心の動揺をごまかした。しかし帰るにしても、どうにも胸騒ぎがしてならぬので、

「では、朝まで店の座敷にいよう」

「こんなところで眠るつもりですか」

「畳がある。十分だ」

そう言うなり、ごろりと横になった。

二

翌朝、味噌汁《みそしる》の香りに誘われて目がさめた。

台所で、お琴が朝餉の支度をしている。

左近は顔を洗いに裏庭の井戸に向かった。以前は両替屋の屋敷だったというだけあって、このあたりでは珍しく大きな敷地である。

——父上も奮発《ふんぱつ》したものだ。

前にそう言ったのは、妹の様子を見に来た剣友、岩城泰徳だ。

泰徳は、嫁のせいで家を出ることになったお琴に対して申しわけなく思っていたらしく、立派な屋敷を見てほっとしたようであった。

甲斐無限流《かいむげんりゅう》を遣う剣豪の男が、嫁の小言に頭を下げる姿を思い出し、左近は思わず笑みを浮かべた。

「左近様？」

お琴が手拭《てぬぐ》いを持って立っていた。一人で笑っているので不思議そうな顔をしている。

「すまぬ」

香のよき匂いがする手拭いで顔を拭《ふ》きながら、言った。

「そなたの義兄《あに》のことを思い出していたのだ」

「義兄上《あにうえ》が、何か」

「江戸に名が知れた剣豪が、嫁殿に頭が上がらぬ様子がおかしくてな。あは、あはは」

「まったく、情けないですよ」

あれでは道場の名も廃《すた》ります、と怒るお琴をなだめて、家の中に戻った。

奥の座敷に用意されていた膳《ぜん》には、具だくさんの味噌汁、鯖《さば》の塩焼きに漬物《つけもの》など、独り身である左近には贅沢《ぜいたく》な物ばかり。

お琴の給仕で食事をしていると、手伝いのおよねが顔をのぞかせた。

「おかみさん、あら、ごめんなさい」

近所の長屋から通うおよねは、お琴が雇った唯一の使用人で、番頭のような役目もしている。

三十路《みそじ》を超えた亭主持ちのおよねは左近を見るなり、意味ありげな目をお琴に

向けて、

「今朝はお疲れのようですから、開店はあたし一人ですませますよ」

と言い、満面の笑みを浮かべてみせた。

「左近様」

「うん？」

「昨夜は火事などなかったような気がしますが……」

およねがしなを作り、ごゆっくりと言ったあとで、ぷっと吹き出しながら背を返した。

恥ずかしくて背を丸めた左近は、お茶をがぶりと飲んだ。

「およねさん！」

がははと豪快に笑いながら店へ向かうおよねの背中を、お琴が追ってゆく。

庭に人の気配を感じたのは、その時だ。湯呑《ゆの》みを静かに置いた左近は、安綱を手に持って障子を開けた。

手入れの行き届いた庭木の中に、人の素足が見える。泥《どろ》で汚れていた。

「そこにいるのは誰だ」

怯《おび》えたように泥足が動き、椿《つばき》の枝が揺れた。

「出てこぬなら、こちらからまいるぞ」

それでも、出てこようとしない。殺気がないのはわかっていた。

「心配はいらぬ。何もせぬから出てきなさい」

声音《こわね》をゆるめて言うと、また椿が揺れた。観念して立ち上がったのは、若い女だった。


千代《ちよ》と名乗った娘は、左近とお琴の前に正座したまま震えている。

春とはいえまだ肌寒いこの時季に、着ている物は薄手の着物一枚。

だが、お千代の震えが寒さからではないことを、左近は見抜いていた。

何があったのか訊いても、まだ幼《おさな》さが残る顔を伏せるばかり。

茶菓《さか》を運んできたおよねが、

「可哀そうに、よっぽど恐ろしい目に遭《あ》わされたんだね、この子は」

と言って、ふくよかな胸に抱き寄せた。

「よしよし、言いたくなければ言わなくていいんだよ。あとでおばさんが家まで送ってやるから、気分が落ち着いたら、お菓子を食べて帰ろうね。おうちはどこだい」

十五、六の娘をまるで子供扱いするおよねに、子はないと聞く。
お千代がようやく口を開いたのは、およねのふくよかな胸に安らいだからだろうか。涙をぽろりと流して、

「おとっつぁんも、おっかさんも……みんな、殺されました」

嗚咽《おえつ》しながらようやく出た言葉に、およねがぎょっとした。

「いったいどういうことだよ。何があったんだい」

左近は一瞬、昨夜の一味の姿が瞼《まぶた》をよぎった。

「おい、まさか、賊に押し入られたんじゃないだろうな」

お千代はひたすら声をあげて泣くばかり。

「そうなのかい、お千代ちゃん」

およねが胸から顔を上げさせて訊くと、お千代はこくりとうなずいた。

「左近様……」

お琴が心配そうな眼差しを向けてきた。

お千代は、命からがら賊から逃げてきたに違いない。

左近はお琴にうなずき、問う。

「お千代、家はどこだ」

「茅町《かやちょう》の、松屋《まつや》です」

およねが目を見張った。

「札差《ふださし》の松屋さんといや、ちょいと名が知れた大店だよ」

そもそも札差とは、旗本御家人が幕府から支給される米の仲介を本業とする者のことだ。

札差は、支給日には旗本御家人にかわって米を受け取り、当日の相場で米問屋に売って現金にする。売った金と、食用の米を武家屋敷に運搬するのが仕事で、その手数料が稼ぎだ。

ただそれだけではなく、支給される米を担保として高利貸しをおこなっていたりもした。

松屋などの大店は、取り引きをする旗本も千石以上の大身《たいしん》ばかり。中には、松屋に莫大な借金をしている旗本もあるらしい。

松屋を知っているおよねに道を詳しく聞いた左近は、安綱をにぎって腰を上げた。

幕府の米蔵が並ぶ浅草御蔵前《おくらまえ》を通って、茅町に差しかかると、通りにものものしい雰囲気が漂っていた。

「下がっておれ！」

大勢の野次馬をかき分けて、町奉行所の役人が店の中へ消えていった。木戸が開けられた間口十間《けん》（約十八メートル）の店先には、六尺棒《ろくしゃくぼう》を持った役人が警固《けいご》についている。

左近は、漆黒《しっこく》の板に金色の文字で松屋と書かれた看板を見上げた。

「何があったのです」

大工道具を入れた木箱を肩に担《かつ》いだ中年男に声をかけると、

「どうもこうもねぇやな旦那、賊が押し入って一家皆殺しだとよ。ひでぇことしやがるぜ」

吐き捨てるように言うと、大工はおもしろくなさそうに「けっ」と唾《つば》を吐いて立ち去った。

どうやら急ぎ働きの盗《ぬす》っ人《と》が入ったらしいと、野次馬の間で噂が飛び交《か》っている。

急ぎ働きとは、押し入った家の者を殺して金品を奪うことだ。人々の口からは、土蜘蛛組の名がしきりに出ている。

左近は屋敷の横手に回った。ここには人気《ひとけ》がなく、木戸も開けっぱなしだった

ので遠慮なく潜ると、

「おい！　勝手に入るな！」

と、すぐさま役人に怒鳴られた。けれども、左近は素知らぬ顔でずかずか入っていく。

なるほど、名が知れた大店というだけあって、なかなかに立派な屋敷であった。

「待たぬか！」

六尺棒を持った役人二人が追ってきた。

「貴様、何奴！」

「怪しい者ではない。上役に会《お》うて話がしたい。すまぬが呼んでもらえぬか」

「黙れ！　こ奴、偉そうに！」

役人は六尺棒を構えて今にも打ちかかってきそうだ。

「拙者はこの店の生き残りを匿《かくま》っておる者だ。早ういたせ」

涼しげな顔で動じぬ左近にただならぬ気配を感じたか、

「ええい、そこで待っておれ」

役人は苛立《いらだ》った物言いを残し、屋敷の奥に消えていった。

現場は凄惨《せいさん》なものであった。部屋の壁と障子は血飛沫《ちしぶき》でどす黒く染まり、戸板に乗せて運び出される死人はむごいありさまである。中でも若い女中などは、どれも着物を剝《は》ぎ取られていた。いったい何人で襲ったのか、庭に面した縁側には血の足跡が無数に残されている。

「まったく、吐き気がするぜ」

面長《おもなが》の顔を歪《ゆが》めて、男が奥から現れた。

配下の役人が「あの者です」と左近を指し示している。

男は、きりりとした目を左近に向けると、薄い唇《くちびる》を引き締めた。

「拙者、新見左近と申します」

「南町《みなみまち》奉行所与力《よりき》の田坂兵梧《たさかひょうご》だ」

この男、江戸の三男と呼ばれるだけあって、面長に鼻筋の通ったいい男である。歳は二十七、八といったところか。

人を見くだしたような目を左近に向けながら、早口で抑揚《よくよう》のない声を発した。

「店の生き残りを匿っておるらしいが……」

「はい」

「あるじの娘が行《ゆ》き方《かた》知れずだ。今どこにおる」

左近はお琴の店の名を告げた。

瞠目《どうもく》した兵梧は、

「ふうん、花川戸にな。賊からよう逃げたものだ」

と手で顎《あご》をつまみ、横から運び出されるあるじ、一郎右衛門《いちろうえもん》の遺骸を見下ろした。

「我が身を張って、娘を逃がしたか。一郎右衛門……」

兵梧は仏に手を合わせると、左近に案内を命じた。

三

花川戸の三島屋に戻ったのは、四つ半（午前十一時頃）だった。

お琴の見立てで洒落《しゃれ》た小間物を揃える店は若い女に人気があり、今日も簪《かんざし》や櫛《くし》を求める客でにぎわっている。

「ほう、なかなか繁盛《はんじよう》しているようだな」

背丈《せたけ》が六尺（約百八十センチ）近くもある男二人が連れ立って店に入ると、若い女たちは手にした品物を見るのも忘れて顔を向けてきた。特に兵梧に向けられた視線は熱く、たちまち若い女の甘い体臭が充満する。

お琴の姿が見えなかったので、およねに声をかけようとして左近はやめた。店番をしているおよねは、口から涎《よだれ》を垂らさんばかり。客と一緒に、うっとりと兵梧に見とれていたのである。

咳払いをして、

「兵梧殿、奥へ」

と言うと、兵梧はそんな女たちのことなど気にせぬ様子で返事をした。

「お琴、町方与力をお連れした」

そう断って障子を開けると、お琴とお千代が両手をついて与力を迎え入れた。

兵梧は偉ぶるでもなくごく自然に上座に座し、まずは名を述べてから、気の毒な娘に情け深い目を向けた。

「そなたが、茅町札差松屋の娘、お千代か」

「……はい」

お千代は声を震わせ、頭を一層低くした。

「両人とも面《おもて》を上げよ」

お琴が顔を上げると、兵梧の表情が微《かす》かに変化したのを、左近は見逃さなかった。

「そなたは」

「この店のあるじ、琴にございます」

お琴が素っ気なく答えると、兵梧は熱を冷ますように唇を引き締め、視線を転じた。

「お千代、ちと辛《つら》いことを訊くぞ」

「はい」

「ではまず、下手人《げしゅにん》の顔を見たか」

「いえ……」

「声は」

「……聞いておりません」

「あの地獄から、どうやって逃げ延びた」

「…………」

身を硬直させるお千代の手をにぎり、お琴が励《はげ》ました。

「物音に気づいたおとっつぁんが、床下から逃がしてくれたのです」

松屋一郎右衛門は、万が一の時に備えて床下に秘密の逃げ道を作っていたらしい。自分がいないことに気づいたら賊が追ってくると思い、娘一人を逃がしてその場に正座して待っていたのだ。

押し入った賊は、その場に残っていた一郎右衛門か内儀《ないぎ》あたりを脅《おど》して金蔵の鍵を開けさせたあと、ふたたび寝所に引き戻して斬殺したようだ。

そのあいだにお千代は夜道をさまよい逃げて、三島屋の庭に辿《たど》り着いたのだ。

「どうやってこの屋敷内に入った」

「裏の戸が、開いていたから」

「なんと」

「それは……」

詮議《せんぎ》が思わぬところに及び、慌てたのはお琴だ。

兵梧の厳しい目は、お琴に向けられてゆるんだような気がする。

「裏木戸の閂でも壊れていたのかな」

「いえ、その……」

お琴がちらりとこちらに目を向けたので、左近は苦笑を浮かべた。

兵梧は詮索《せんさく》する目で左近を見て、

「ではどこぞから夜毎《よごと》やってくるこの男のために、盗賊が出現する今の時分に戸締まりをしていなかったのだな。お琴、正直に申せ」

兵梧はなぜか、苛立ちの声をあげた。

「この人がいけないんですよう、お役人様」

面倒くささそうに言いながら顔をのぞかせたのは、両手で盆を持ったおよねである。かしこまって兵梧の前に茶と菓子を並べ置くと、遠くの火事を心配して来る左近の行動の数々をおもしろおかしく言い、笑いながら去っていった。

「用心に越したことはない」

左近は、背を丸めて言った。兵梧が呆《あき》れた笑みを浮かべているのが、なんとも癪《しゃく》に障《さわ》った。

「なれど新見殿、戸締まりをせぬは無用心じゃ」

「ごもっとも」

兵梧が顔の向きを変えた。

「ところでお千代、歳はいくつだ」

「十七にございます」

「うむ、危ないところであったな」

賊は若い娘を攫い、手籠《てご》めにしたあげくに惨殺《ざんさつ》する極悪人だ。

「さて、これからどうしたものか」

兵梧が困ったように言う。

襲った店に生き残りがいることを賊が知れば、命を狙う危険もある。娘一人を家に戻すわけにもいかず、かといって、奉行所で預かることもできぬのだろう。

「お琴、お千代さんをしばらく預かってはもらえぬか」

「ええ、いいですとも」

左近が頼むと、お琴はこともなげに快諾《かいだく》してくれた。兵梧が安堵《あんど》の笑みを浮かべる。

「おお、そうしてくれるか。では、おれは一旦奉行所に戻るとしよう。何かわかったら知らせを寄こす。お千代、気をしっかり持つのだぞ」

ふたたびおよねが顔をのぞかせたのは、兵梧が腰を上げた時だった。

「あのう、お役人様、八丁堀《はっちょうぼり》の旦那が、松屋の者だという人を連れておいでですが」

「何、すぐに通せ」

程なく廊下から現れたのは、すっきりと整った顔立ちをした二十過ぎの男である。

「清吉《せいきち》さん！」

お千代がすがるような目を向けて、生きていてくれたことを喜んだ。

「お嬢様」

と言って手をにぎり合った二人の表情からして、どうやらただの大店の娘と奉公人の仲ではないらしい。

「おう、清吉とやら、お前さん昨日の夜、店にいたのかい」

伝法《でんぽう》な物言いをする兵梧の目は、鋭く清吉を見据《みす》えていた。

「いえ、わたくしは、旦那様から三日間の暇《ひま》をいただいて、品川《しながわ》の実家に帰っておりました。父親が病《やまい》に臥《ふ》せておりますから」

「ほう、そうかい。で、今戻ったのか」

「はい、つい先ほど店に戻りましたところ、このようなことに……」

清吉はお千代の手をきつくにぎり、涙を流した。

「旦那様と奥様には、どれほどお世話になったことか。お嬢様、いや、お千代、旦那様はね、わたしとお前が夫婦になることを、許してくださっていたのだよ」

「清吉さん、それはほんと」

「ああ、ほんとうだとも。お千代、旦那様も奥様も、父の病が落ち着いたら、祝言《しゅうげん》を挙げてもよいと、はっきりおっしゃってくださったのだ……それがまさか、こんなことになろうとは」

清吉はひとしきり泣いたあとで、涙を拭って背筋を伸ばした。

「お役人様、下手人はわかっているのですか」

犯人への憎悪を露《あら》わにする清吉に、兵梧は「いやぁ」と濁《にご》した。

「わかっていないのですか」

「調べはこれからだ。そう焦《あせ》るな。それより清吉、今からおれと店に戻ってくれ。金子《きんす》以外に盗《と》られた物を知りたい」

兵梧はなぜか、不敵な笑みを浮かべた。

四

三島屋に清吉が姿を現したのは、五日後であった。店を再開するめどが立ったので、お千代を迎えに来たのだ。

「ずいぶん早いな」

呑気《のんき》にそう言ったのは、左近だ。今日も暇なので、お千代の用心棒と称して三島屋の庭を眺《なが》めながら横になっている。

伸びをした左近の顔を上からのぞき込んだお琴が、あはは、と笑った。よほど間抜けな顔になっていたらしい。

「お礼のあいさつがしたいそうですよ。表で待っていますからね」

と言い、忙しそうに店に戻っていった。

すでに身支度をすませたお千代が清吉と並び、店先でお琴とおよねに見送られている。

左近があくびをしながら出てゆくと、およねに「しゃっきりしなさい」と言われて尻をたたかれた。清吉が爽《さわ》やかな笑顔でお辞儀をしたので、左近も頭を下げた。

「新見様、このたびはお千代が大変お世話になりました。おかげさまで、手前も明日から店を再開いたします。このお礼は、店が落ち着きましたら改めてさせていただきます」

「そのようなことは気にせずともよい」

左近は素っ気なく応《こた》え、お千代に優しく言った。

「辛いだろうが、頑張るんだぞ。おとっつぁんとおっかさんが見ていてくださるから、安心しな」

「はい。ありがとうございました」

お千代は必死に涙をこらえながら、お辞儀をした。

茅町に帰っていく二人の背中を見送りながら、左近はふと、行《ゆ》き交《か》う人の中に怪しげな男を見つけた。

浪人風の男が二人で茶屋に座っていたのだが、清吉とお千代が目の前を通り過ぎると立ち上がり、一定の距離を空けて跡をつけはじめたのだ。

「では、おれも帰るとしよう」

「えっ、昼餉は」

「今日は遠慮しておく」

ぷくりと膨れるお琴を尻目に、浪人のあとを追った。

清吉とお千代は御蔵前を通り過ぎ、鳥越橋《とりごえばし》を渡って茅町の松屋に入っていった。

浪人は二人の背中を目で追いながらその場を通り過ぎ、大川の手前でくるりと向きを変えて引き返してきた。

人混みに紛《まぎ》れて様子を探られていることにも気づかぬ浪人は、浅草御門《あさくさごもん》を抜けて広小路《ひろこうじ》を左に曲がり、両国橋《りょうごくばし》を越えて大横川《おおよこがわ》に架かる北辻橋《きたつじばし》を渡り、亀戸《かめいど》にある古びた屋敷の門をたたいた。

人相の悪い中間《ちゅうげん》が現れて二人を門内へ引き入れると、あたりを警戒して背を返し、門扉《もんぴ》を固く閉ざした。

静まり返る門の前を素知らぬ顔で通り過ぎた左近は、そこが誰の屋敷であるか見当もつかない。

(さては奴らめ、空き屋敷をねぐらにしていると見える)

白壁が剝げ落ちた土塀《どべい》を横目に、左近は茅町に引き返した。

「ごめん」

そう声をかけたが、松屋の店の中は冷たく静まり返っていた。

「誰かおられぬか」

「はい」

店の奥から中年の男が出てきた。月代《さかやき》をきれいに剃《そ》り、こざっぱりと身なりを整えた番頭風の男だ。

「お千代さんはおられるか」

「はい、おります」

男は腰をかがめているが、様子をうかがうような目を向けている。

「すまぬが、呼んでもらえぬか」

「ようございますが、あのう、どちら様で」

「新見左近と申す。先ほど別れたばかりだから、名を取り次いでもらえばわかる」

「では、少々お待ちを」

穏やかな物腰で対応した男が、店の奥に向かい、

「お嬢様、お千代お嬢様」

と声をかけると、奥からお千代の返事がして、小走りで表へ出てきた。

「左近様」

「これは、新見様」

清吉もお千代の前に出てきて、店の板の間で平伏《へいふく》した。

「先ほど別れたばかりですまないが」

「はいはい」

左近が浪人のことを告げると、二人は目を見開いて、言葉を失った。

清吉が青い顔をして口を開く。

「では、その浪人が下手人ですか」

「それはわからぬ。しかし、お千代さんが店に入るのを見届けていた。奴らが下手人なら、口を封じに来るかもしれぬ」

「新見様、いかがいたしましょう」

震えるお千代を気遣いながら、清吉がすがるように言ってきた。

「店は当分閉めたほうがよいのでは」

「それはできません。明日は必ず店を開けなければ、松屋は潰れてしまいます」

盗まれた金子は一万両と聞く。明日はお蔵役所から米の支給が始まる日なので、旗本御家人にかわって米を引き取る札差にとってはとても忙しく、大事な稼ぎ時なのである。松屋が商いをしなければ、これまで取り引きがあった武家をよその店に取られてしまう。

だが、近頃はどこの札差も蔵米《くらまい》を担保にして、旗本や御家人に金を用立てているはず。慌てずとも、その手形さえあればこちらが米を受け取れるのだから、まとまった金は入るだろう。

左近がそのことを告げると、

「それはそうなのですが……」

と清吉は言ったきり、ため息をついてうな垂れてしまった。

「どうした」

「大事な手形も、残らず盗まれました」

「ふうん、そのような物を盗んでも、どうすることもできぬだろうに」

「ええ、そうなのですが」

札差株を持たぬ者はいっさい米を受け取れぬし、盗んだ手形を松屋以外の札差が使えばすぐにばれる。つまり、紙切れ同然なのだ。

「手形がなくなったのなら、松屋に借金をしている武家は大喜びであろうな」

「まったく、口惜《くちお》しゅうございます」

そう言った清吉が、膝《ひざ》をはたと打った。

「下手人は、どこぞの貧乏旗本ではありますまいか」

清吉の覚えでは、あるじの一郎右衛門は商いを手広くし、財源にも余裕があったぶん、上は五千石を超える大身旗本から、御目見《おめみえ》以下の貧乏御家人まで大勢の客を抱えていたという。特に百石以下の貧乏旗本の中には、三年、四年先の蔵米を担保に金を借りているところも少なくなかったらしい。

清吉は、どこぞの貧乏旗本か御家人が、暮らしの苦しさに松屋を逆恨《さかうら》みし、借金を帳消しにするために強盗に入ったと推測した。

「なるほど、そうとも考えられるな」

「でなくして、手形を盗むでしょうか」

「ああ」

「新見様、そうに決まっていますよ」

「うむ……」

「これからお奉行所に訴えてまいります」

「いや、それは待て」

「なぜでございます」

「相手が旗本御家人なら、奉行所は手出しせぬかもしれぬ」

「あっ」

「下手人はどこぞの武家と決めつけ、お目付《めつけ》の領分だと言って、調べを終えられては困るだろう」

「では、いかがいたしましょう」

「まずは、お千代さんの身が心配だ。賊は顔を見られたと思い込み、口封じに来るかもしれん」

　清吉とお千代は顔を見合わせた。

「お千代さん、三島屋に戻ってはどうかな」

左近の誘いに、お千代は首を横に振る。

「千代はどこにも行きません。ここで清吉さんと店を守ります」

「お千代……」

「ここにいさせて、ね、清吉さん」

「お千代、お前にもしものことがあったら、あの世で旦那様に顔向けができないよ」

「旦那様、用心棒を雇ってみてはどうですか」

先ほどの中年男が割って入った。

「わたしが住んでいた青物町《あおものちよう》の甚助長屋《じんすけながや》に、矢崎《やざき》という腕の立ちそうな浪人さんがおられます。なんでしたら、呼んでまいりますが」

「その人は、確かな人物なのかい」

「へい、人柄はよく、剣の腕もきっと確かです」

「それには及ばぬ」

左近が中年男を制し、清吉に向く。

「今日からおれを、ここに置いてはもらえぬか。いや、用心棒の給金はいらぬ。

悪い癖が出ただけだ。下手人が口封じにお千代さんを狙ってきたところをとっ捕まえ、黒幕を暴《あば》いてやろうと思ったまでのこと。いかがか」

欲もなく、いささか強引でお節介《せっかい》な左近に、清吉とお千代は呆れ顔である。

「本当によろしいので」

「三度の飯を食わせてもらえればよい」

「それはもう……」

「では決まりだな」

「そういうことになったから、すまないね、弥平《やへい》」

「とんでもございません、旦那様」

笑顔で頭を下げた弥平は、自分の仕事に戻っていった。

左近はその背中を見ながら、清吉に訊いた。

「それにしても、短いあいだによくここまで立ち直らせたな」

「丹波屋《たんばや》さんのおかげでございます」

「丹波屋？」

「はい。森田町《もりたちょう》で、手前どもと同じ札差をされています。この時期はどこも忙しいのですが、あるじの芳蔵《よしぞう》様が、旦那様には大変お世話になったと申されまして、いろいろと助けていただきました」

「それはよかったな」

「なんとか店を開けることができますが、こうしてお千代と商いをしている姿を、旦那様に見ていただけないのが残念です」

「そうだな」

夕方には新しく雇った何人かの奉公人が店に入り、松屋は活気を取り戻していった。

五

外障子が白みはじめた。

夜通し警固をしていた左近は、賊が来なかったことに半ばがっかりしていた。お千代を狙ってくればとっ捕まえ、事件を解決してやろうと思っていたからだ。

（お琴はもう起きたであろうか）

昨夜から、お琴のことが心配でならなかった。

絹問屋の伊野勢屋からはじまった一連の押し入り事件は、廻船問屋《かいせんどんや》、両替屋と続き、松屋は四軒目の被害に遭った店だ。大店もあれば、廻船問屋の藤沢屋《ふじさわや》のように、小さな店もある。

（やはり、事件が解決するまでは、お琴のところにいたほうがよいな。今宵と明晩も賊が来なければ、用心棒は弥平の知り合いに替わってもらおう）

うっすらと見えはじめた天井を眺めながら、そんなことを考えていた。

外から、蜆《しじみ》を売り歩く棒手振りの声が聞こえた。すると背後の襖《ふすま》が開けられ、身支度をすませたお千代があいさつをして、忙しそうに出てきた。

警固のために、出入り口がひとつしかない部屋で寝ていたお千代の着物から、匂い袋の香りがする。

「蜆を買いに出ます。疲れた時にはよい薬になると、おっかさんが言ってたものですから」

笑みを浮かべるお千代の目が少し腫《は》れていた。夜中に声を殺して泣いていたことを、左近は知っている。

「ではおれもお供いたそう」

左近は立ち上がった。寝ないでいた身だから、安綱を帯に落とせば支度は終わりだ。

時刻は明《あ》け六《む》つ（午前六時頃）頃、今朝は深い霧《きり》が出ていた。

お千代は蜆の棒手振りに声をかけ、八人分を注文した。炊事《すいじ》ができる女中が見つかるまでは、お千代が店の台所を切り盛りするのであろう。

引き止められた棒手振りが籠《かご》を下ろした。小柄だが筋骨たくましい男が伝法な物言いで今日の天気などを予想しながら、愛想《あいそ》よく蜆を取り分けている。

きっちり八人分とはせず、目分量で一人分を余分に入れるところなぞ、江戸っ子の心意気を感じさせる。

お千代はというと、こちらも大店の娘だ。銭勘定《ぜにかんじょう》は厳しく仕込まれており、きっちり八人分を支払った。十七と言っていたが、なかなかしっかりした娘である。

「へい、ありがとやす」

棒手振りが籠を担ぎ上げた時、左近は朝霧《あさぎり》に霞《かす》む辻に、こちらの様子をうかがう人影を見た。

気配は二人、昨日の浪人だろうか。

「お千代さん、おれから離れぬように」

背中にお千代を回して、左近は辻に目を向けた。途端に殺気が湧き起こり、二人の男が姿を見せた。無紋《むもん》の羽織袴《はおりはかま》を着た、覆面の侍だ。

「何者だ」

相手は無言で刀を抜き、走り出した。

左近は左足を引いて腰を落とし、刃長《じんちょう》二尺七寸（約八十センチ）の安綱を抜いた。

気合の声を発して刀を振り上げた相手が、眉間《みけん》を狙って振り下ろす。

ギイン！

キン！

下から払い上げた安綱を二《に》の太刀《たち》で打ち下ろし、胴を払いに来た二人目の刀をたたき伏せた。

（二人同時に攻撃してくるとは、こ奴ら、修錬《しゅうれん》を積んだ刺客）

必殺の一撃をかわされた賊は、左右に間を空けて前を塞《ふさ》いだ。

左近はお千代を後ろに置き、

「下がっていなさい」

と命じて、安綱を正眼《せいがん》に構えた。

覆面の目だけをギロリと光らせる刺客。左は八双《はっそう》、右は下段に構え、刃《やいば》を横に寝かせている。上と下から、同時に斬り込むつもりか。

左近はどちらを見るでもなく、ゆらりと構えている。が、相手にはその姿が、二倍にも三倍にも大きく見えるのである。内から放たれる凄《すさ》まじい気が、二人の刺客を震え上がらせた。紺色《こんいろ》の覆面に汗をにじませた刺客が、恐怖を振り払うかのように動いた。

二人同時――だがそれは、あくまで目で見た時のこと。

気配を読み取った左近は迷わず左に動き、右下からの刃風《はかぜ》をかわしながら、八双から刀を振り上げた左の刺客の懐に飛び込み、安綱で胴を払った。

「ぐう……」

胴を深く斬り裂かれた左の刺客は倒れ、一の太刀をかわされた右の刺客が、振り向きざまに二の太刀を打ち下ろそうとした。だが一瞬速く、左近の安綱が右の小手を斬り裂いた。

「おのれ！」

右の刺客は左手だけでなお刀を振り回し、斬りかかろうとした。左近は難なく刀をたたき落とし、安綱を峰《みね》に返して肩に打ち込み、気絶させた。

ようやく表の異変に気づき、店から清吉たちがどやどやと出てきた。

「あっ！　何があったのです！」

通りに横たわる刺客を見て、清吉が声を失っている。

血振《ちぶ》りをして安綱を鞘《さや》に納《おさ》めると、左近は言った。

「一人は気絶しているだけだ。誰か町方を呼んできてくれぬか」

「梅七《うめしち》、ひとっ走り頼むよ」

清吉に命じられた小僧が、一目散に番屋《ばんや》に駆けていった。

その先には蜆売りがいたのだが、腰を抜かして地べたに尻餅《しりもち》をつき、左近に向けた両目を見張って、口をあんぐりと開けていた。


左近が南町奉行所に呼び出されたのは、翌日の朝であった。お千代を助けるために斬り合いとなったのであるが、

「人が一人死んでいる以上、放っておくわけにもまいらぬ。それにしても、厄介《やっかい》だぞ」

田坂兵梧が言った。

左近は、形ばかりだと言われて、奉行所の庭の筵《むしろ》に座らされている。

「では兵梧殿、襲ってきた者が何者であるか、わかったのですね」

「おい、口を慎《つつし》まぬか」

浪人風情《ふぜい》が与力にきく口ではないと、若い同心《どうしん》が叱《しか》った。

「口を慎むのはお前だ。おい次郎《じろう》、新見殿は人を助けたのだぞ」

「はあ、申しわけありません」

おもしろくなさそうに頭を下げた同心を見上げる左近に、

「旗本の家臣であった。相手が悪い」

と兵梧が吐き捨てた。

左近が言う。

「兵梧殿、立派な人斬りですぞ」

「斬ってきたのは相手のほうじゃと言うておるのだ」

「…………」

医者の治療を受けた男は、名前と身分を堂々と名乗り、肩が触れた触れないで喧嘩《けんか》となり、斬り合いになったと言ったらしい。

奉行が身元を調べさせた結果、男の証言に嘘《うそ》はなかったという。

旗本家臣の刃傷《にんじょう》沙汰《ざた》となれば、町奉行所の出る幕はない。奉行は仕方なく男を解き放ったのだが、浪人の左近も吟味《ぎんみ》する必要ありと、召喚《しょうかん》させたのである。

「相手は、どこの旗本家臣ですか」

「それは言えぬ」

「ほう、浪人者には言えぬと」

「許せ」

「武家には武家のやり方がありますからな。町人の娘を襲った者でも、無罪放免ですか」

「もう言うな、左近」

兵梧の目は、それ以上言うと厄介なことになると訴えていた。若い同心が、帳面に筆を走らせている。ここでの会話は、すべて奉行に報告することになっているのだろう。

「お奉行は正午に戻られる。おぬしの詮議はそれからだ」

牢屋に押し込められた左近の前に、兵梧が握り飯を置いた。

そういえば、朝から何も食べていない。

「今夜は解き放ちになるであろうか」

「それは、なんともわからぬ」

「では兵梧殿、ひとつ頼まれてもらえませぬか」

言いながら、遠慮なく握り飯を頰張《ほおば》ると、兵梧が屈託《くつたく》のない笑みを浮かべて、顔を近づけた。

「なんだ」

「松屋に用心棒がいないのはまずい。奉公人の弥平が住んでいた青物町の甚助長屋に、腕の立つ浪人がいるとか。その者に、松屋に行くよう伝えてもらえませぬか」

「その者の名は」

「確か、矢崎だったと」

「うむ、ではその矢崎某《なにがし》を捜して、松屋に行かせよう」

「助かります」

「しかし、お前さんもお節介が好きだな」

「お節介、ですか」

「松屋のことなんざ、奉行所にまかせときゃいいものを。用心棒代は飯だけでいいと言ったそうじゃないか」

「…………」

「ま、そこがおれの気に入ってるところだけどな。ことがすんだら、いっぺん飲みに行こうじゃないか。おれは女はからきしだが、酒なら、旨《うま》いのを出す店を知っておるのよ」

「ここから出ることができたら、是非」

(相手が旗本なら、どのような難癖をつけてくるかわからぬ)

兵梧もそう案じているのだろう、話を終えると空咳をして、ばつが悪そうに出ていった。


一刻二刻(約二時間から四時間)はまどろんだのだろうか、

「おい、出ろ」

と呼ばれて目をさました時には、寝ずの警固で疲れていた頭がすっきりしていた。

同心が見守る前で小者が鍵をはずして扉を開けた。

「お奉行様の前に出るのだから、その身なりを整えよ」

同心の高圧的な言葉に応じて、左近は一度帯をゆるめ、藤色の着流しを整えた。安綱と脇差を取り上げられているので、いささか腰が寂しい。

牢から潜り出ると、同心が全身を睨《ね》め回し、

「うむ、よかろう。ついてまいれ」

と言って背を返した。

同心に続く左近の背後に、六尺棒を持った小者が二人つき、警固をしている。長い廊下を歩かされ、屋敷の奥に連れていかれた。手入れが行き届いた庭を眺めながらさらに進むと、前を歩く同心が、開けはなたれている障子の手前で膝をつき、見えもせぬ相手に頭を下げた。

「お奉行様、新見左近なる浪人者を連れてまいりました」

一拍の間があり、

「たわけ！」

と怒鳴り声がした。いやな予感がした。

すぐに、急ぎ足で畳を擦《す》り歩く音がして、左近の前に南町奉行が現れた。藍《あい》の熨斗目紋付《のしめもんつき》の小袖《こそで》に肩衣《かたぎぬ》と長袴《ながばかま》を着けた奉行、宮崎若狭守《みやざきわかさのかみ》は、左近と目が合うや片膝をつき、頭を下げるのである。

いやな予感は当たった。

何がなんだかわからず仰天《ぎようてん》する同心に「下がれい！」と怒鳴りつけた奉行は、腰を低くして左近を座敷の上座に案内するや、

「失礼の段、平にお許しください」

と平伏した。奉行の横には、見知った顔の老人がちょこんと座っている。

左近は何も言わず、老人の前に置かれた紫の太刀袋に目を落とした。すると老人が莞爾《かんじ》として笑い、白髪頭を下げた。

「お久しゅうございます」

「うむ、三年ぶりじゃな、永久殿《ながひさ》」

「はい」

「ところで、おぬしの前にあるのはおれの太刀か」

「はい」

「宮崎殿、面を上げられよ」

「はは」

奉行が永久の下座へ座るのを待って、左近は訊いた。

「して、永久殿、奉行にどこまで話した」

「わたしが申すまでもなく、初めに気づかれたのはお奉行自身」

宮崎若狭守は、左近から取り上げた刀を鞘から抜いて、仰天したのである。

安綱の金無垢《きんむく》鎺《はばき》（刀身の手元の部分に嵌《は》める金具）には、葵《あおい》の御紋《ごもん》が刻印されていたのだ。

宮崎は慌てて、幕府御様《おためし》御用役《ごようやく》、山野《やまの》永久の屋敷へ馬を走らせて、刀剣鑑定を依頼した。本物であるか見極めるためであり、与力に命じて召喚した浪人が何者なのかを知るためでもあった。偽物《にせもの》と結果が出たら即刻打ち首に処し、昨日の刃傷騒ぎを落着させようと考えていたのだ。

「どうなのじゃ」

と訊く宮崎には応じず、時をかけて鑑定を終えた永久は、太刀を元どおりに組み立てると、拝むようにして述べた。

「清流の水面《みなも》のような輝きといい、刃文《はもん》といい、まさしく、平安《へいあん》時代の名刀工、大原《おおはら》安綱の作とされる宝刀の中の宝刀、将軍家秘蔵のひと振りに違いありませぬ」

本阿弥《ほんあみ》家と並び大名家から刀剣鑑定を依頼される永久が、徳川家康《いえやす》公から受け継がれた一品であると、折り紙をつけたのである。

青くなった宮崎は、そこでようやく、新見左近の名を告げた。

「ほう……」

永久は押し黙り、考えた末に膝を打った。

「新見様で、安綱を持たれるといえば間違いございませぬな。そのお方は、甲府藩主、徳川綱豊《つなとよ》様」

「ひ！　こ、甲州《こうしゅう》様じゃと」

宮崎は腰を抜かし、脂汗《あぶらあせ》を浮かべた。現四代将軍家綱《いえつな》の甥《おい》で、次期将軍と噂されている人物を、今まさに、奉行所の牢屋に押し込めているからである。

「や、山野殿……」

顔を青くして、すがるように奉行所への同道を懇願《こんがん》したのは、永久が刀剣鑑定を通じて将軍家にいささかの顔が利き、新見左近こと、徳川綱豊と顔見知りであると教えたからだ。

「そうか。では奉行、おれの正体を知ったのだな」

左近は声音を低くして言った。

奉行所の閉め切った部屋の中で、宮崎若狭守はふたたび畳に額《ひたい》を擦《こす》りつけた。

「知らぬとは申せ、これまでの非礼、何とぞ、平にご容赦《ようしゃ》を」

左近は、ふっと表情を和《やわ》らげた。

「いやいや、今はわけあって浪々の身、お気になさるな」

奉行の前に行き、両手をつかんで顔を上げさせた。

「それよりも永久殿、お奉行……このこと、誰にも言うてはならぬぞ。甲府藩主徳川綱豊は病にかかり、今は根津《ねづ》の屋敷で寝込んでいるのだ」

宮崎若狭守の両手を強くにぎり、左近はじっと目を見て言った。

お役柄、江戸城へ登城する宮崎若狭守は、先日も将軍家綱が、甥の病を心配していたことを知っている。男児に恵まれず、世継ぎがいない家綱は、今は亡き弟の子の綱豊のことを、我が子のように思っているのだ。

父に替わって甲府藩主となった綱豊は、その素性《すじょう》から、これまで波乱万丈《はらんばんじょう》の人生を歩んでいる。

綱豊は、甲府藩主徳川綱重《つなしげ》の長男として、江戸の藩邸でこの世に生をなした。

だが、綱重が正室を娶《めと》る前に、女中に手をつけて産ませた子だった。このため、世間の目をはばかり、国家老の新見正信のもとへ養子に出されたのである。

それから八年のあいだ、新見の息子として育てられた綱豊であったが、父綱重の正室が男児に恵まれぬままこの世を去ったため、世継ぎとして甲府徳川家に呼び戻されたのである。

その後、綱重がこの世を去り、綱豊は十七歳で、甲府徳川家を継承した。

しかし、それでことはすまなかった。

現四代将軍、家綱に世継ぎがなく、五代将軍に誰を推挙するかで、幕府の中に火種《ひだね》がくすぶりはじめたのだ。四代将軍の弟君、徳川綱吉《つなよし》が最有力なのだが、その気性を疑う重臣が、正当継承者として綱豊の名を挙げたのである。

それにより、幕政を司《つかさど》る重臣のあいだに争いが起きた。

元々将軍職に就《つ》く気など毛頭なかった綱豊は、幕府内の空気の変化をいち早く察知し、早々に辞退しようとした。ところが、将軍家綱がそれを許さなかったのである。

江戸城からめったに出られぬ暮らしなど、綱豊には考えられなかった。そこで、養父であり重臣でもある新見正信に相談し、病気と称して屋敷内に閉じ籠《こ》もったのだ。そして、暗殺を警戒した正信のすすめで、新見左近と名を変え、密《ひそ》かに谷中の屋敷に移り住んで今にいたっている。

このことは、家中では新見正信しか知らぬ秘密であり、時折江戸市中ですれ違う甲府藩の家臣たちは、浪人姿の綱豊を見ても、あるじと気づかない。

お峰との縁談は、正信が勝手に仕組んだ嘘ごとであった。左近が正信の子であると信じている剣友、岩城雪斎に縁談を持ちかけ、お峰と左近を夫婦にしようとしたのも、世間の目をごまかすためである。

だが、左近の気持ちに嘘はなかった。幼き頃、正信を父と呼び、雪斎の道場に遊びに行っていた頃に知り合ったお峰のことを、甲府藩主になっても忘れはしなかった。正信が仕組んだ嘘ごとの縁談とはいえ、本気で我が妻とするつもりでいたのだ。

六

結局、南町奉行所の門から出られたのは、七つ（午後四時頃）を過ぎた頃だ。

与力の兵梧はまだ戻っていなかったので、用心棒のことが気がかりだった左近は、松屋に向かうことにした。

蔵前は米を運ぶ荷車が往来し、大変なにぎわいを見せている。店を再開した茅町札差の松屋も、さぞかし大忙しであろう。

ところが、店の前はがらんとしていて、表に立ってみても静かで、寒々としていた。暖簾《のれん》を分けてのぞくと、中には人影もないではないか。

左近は心配になり、隣の両替屋に様子を尋ねてみた。

対応に出てきた番頭が、昼前に荷車で荷物を運び出していたから、おおかた、米の代金を武家屋敷へ届けに行ったのではないかと言う。

「数人のお侍様が警固につかれていたので、お武家様に千両箱を届けたのでしょう」

大身旗本などの俸禄米《ほうろくまい》を売れば、千数百両にはなる。しかし、荷車に積んで警固がつくのは珍しいことではないか。

「だがな、店に誰もおらぬのだ」

「それはまた、珍しい」

支給米を担保に借財を頼みにでも来たと思われたか、小男の番頭は、そんな顔で左近を見上げていた。

「して、おぬしは荷車を見たのか」

「ええ、見ましたよ」

「武家と申したが、どこの者かわからぬか」

「さあ、そこまでは」

「そうか、手間を取らせた」

左近は松屋と両替屋のあいだの路地に入り、裏木戸を確かめた。押してみると、ここも鍵はかかっていない。

表通りから番頭がいぶかしげに見つめているのも構わず、左近は庭に足を踏み入れた。すると、あの日、賊が押し入った朝のように、金蔵はすべて扉が開けはなたれ、中は空っぽにされている。

左近の脳裏《のうり》を、不安がよぎった。

土足のまま廊下に上がり、奥座敷の障子を開けると、金屏風《きんびょうぶ》の後ろに人の足が見えた。

「や、しまった」

屏風を跳ね飛ばして見ると、袈裟懸《けさが》けに背中をざっくりと斬り割られた男が横たわっている。仰向《あおむ》けにしてみると、なんと清吉だった。鼻に手を近づけると、微かに息をしている。

「おい、しっかりしろ」

「うう……」

「清吉さん！　何があったんだ」

清吉は苦悶《くもん》の表情を浮かべて目を開けた。

「に、新見様。お千代、お千代を、助けて」

「ああ、助ける。誰に連れ去られた」

「や、弥平……」

清吉は悔しそうに歯を食いしばったが、ふっと動かなくなった。

「ひゃあ！」

と叫び声をあげたのは両替屋の番頭だ。大柄な奉公人を連れて様子を見に入ってきたのだが、人が殺されているとは思わなかったらしい。

左近が立ち上がると、浅黒い顔の奉公人が身構えた。

「番頭殿、すまぬが急ぎ奉行所に知らせてくれ」

「一度ならず二度までも、なんまいだぶなんまいだぶ」

「お千代さんが攫われたのだ、急げ！」

「はい、すぐに」

「おい、何があったのだ」

番頭が庭から出ようとした時、兵梧が入ってきた。左近の腕の中で息絶《いきた》えている清吉を見るや、

「しまった！」

と、唇を嚙《か》み、両替屋の番頭と奉公人を睨《にら》んだ。

「お調べの邪魔になりますので、わたしどもはこれで」

慌てて帰っていく二人の背中を見送り、兵梧は左近に向き直った。

「おぬしが申した青物町の長屋に、矢崎なる浪人はいなかったぞ。気になったの

で来てみればこれだ」

「どうやら鼠《ねずみ》が入り込んでいたようです。清吉を殺したのは奉公人の弥平。お千代さんが攫われております」

「なんだと」

「この清吉が、こと切れる前に言い残しました」

兵梧は十手《じって》を首に当てて、座敷の中を見回した。

「殺されたのが清吉だけってことは、他の奉公人もぐるか。野郎、初めっから蔵米の金が目当てで入り込みやがったな」

兵梧は、松屋が店を再開しようとしていると知り、奉公人に化けて賊が入り込んだのだと推測した。

「この店に弥平を紹介したのは丹波屋です。もしかすると、先日の押し込みにも関わりがあるのでは」

「丹波屋か……」

兵梧は十手で手のひらをたたきながら、よい噂は聞かねえな、と吐き捨てた。

「だからといって手荒な真似《まね》はできんぞ。お千代の身に何かあっちゃならねえから、ことは慎重に運ばねばな。まずは丹波屋を調べてみるか。よし、あとは奉行所にまかせてくれ。なに、必ず助けるから安心しな」

「では、三島屋に戻りますから、何かあったら教えてください」

「わかった。おお、すまないが帰りに番屋に声をかけてくれねえか」

「承知した」

お千代のことが心配だったが、兵梧なら助け出してくれるだろうと思い、左近はお琴のところへ帰った。


その頃、松屋を発した二台の荷車は、亀戸の屋敷の門内へ消えていった。

玄関の前には中年の侍が待ち構えていて、仕事を終えて戻った者が仰々《ぎようぎよう》しく頭を下げるのも目に入らぬ様子で、荷車のほうに気を取られている。

「殿、ことはすべて、うまく運びましてございまする」

「うむ。皆ご苦労であった。酒を用意しておるぞ。今宵は存分に飲んでくれ」

殿と呼ばれた男が奥の座敷に戻ると、待っていた男が顔を歪めて笑みを浮かべた。

「これで、枕を高《たこ》うして眠れますな」

殿と呼ばれた男は、杯《さかずき》に注がれた酒を含み、不敵な笑みを浮かべた。

「丹波屋、おぬしのおかげで、松屋からの借財は帳消しじゃ。そればかりか、一万両を手に入れられた。礼を申すぞ」

「一度はお縄になった我らを救うてくださりました恩を思えば、お安いことにございます」

「ふふ、そうか、ふふふ。出世するにはなにぶん金がいるでのう。これからも、互いによい思いをしようぞ」

丹波屋芳蔵は腰を低くしたまま移動し、襖を開けた。奥の部屋には、千両箱が二十箱ほど積まれている。

「これまで奪った金子は三万両。ですが、町方の動きが気になります。本業はしばらく控えて、副業の札差で儲《もう》けさせていただこうかと……」

「奉行の宮崎若狭守のことなら心配するな。あ奴は臆病者《おくびょうもの》ゆえ、わしが睨めばぴくりとも動けぬ。のう」

下座に控えている覆面の武士が、静かに頭を下げた。羽織の右袖からは、血が染みた晒《さらし》が見え隠れしている。

「奉行所を恐れるようでは、土蜘蛛組もたいしたことはないな」

覆面の武士が鼻で笑うように言うと、芳蔵が脂ぎった狸顔《たぬきがお》を歪めて、むきになった。

「では、次はどの店を狙いましょうや」

「うむ、やはり越後屋《えちごや》かの。蔵の銭は、二万両とも三万両とも言われておる。実際は、それ以上かもしれぬな」

「越後屋ほどの大店をやるには、大がかりな準備がいりますが」

「この金がなくなる前にやればよい。ま、今宵はたっぷりと飲め。わしは別の戦利品をいただくとしよう」

やおら立ち上がった男は、襖を開けた。そこには、艶《あで》やかな着物姿の若い娘が寝かされていた。

「む、これは松屋の娘ではないの」

「はい、それがその……」

「まさか、またも逃がしたのか」

「いえ、捕らえておりますが、それがその……」

「……またあの者か」

「どうにも、押さえが利きませんで」

「まあよい、これはこれで、なかなかよいおなごじゃ」

女を抱き起こし、顔を舐《な》めるようにして、

「どうじゃ、その気があるなら、妾《めかけ》にしてやってもよいぞ」

こうなると、誰の声も耳に入らない。

「では殿様、ごゆるりと」

芳蔵は声をかけて襖を閉めた。

お千代のかわりに用意された娘は怯えていたが、妾になるのも悪くないと思ったのか、男に押し倒されてしばらくすると、嬌声《きようせい》をあげていた。

芳蔵はその声を聞きながら、

「お千代も運が悪い」

品川あたりの女郎屋《じよろうや》とは言わず、吉原あたりに出せば千両万両は稼げる上玉だけに、もったいねえ、と小声で言い、座敷から出ていった。

「鬼助《きすけ》」

「へい」

「舟を用意しておけよ」

「へい」

弥平こと鬼助は腰を低くし、一人で外へ出ると闇の中に溶け込んでいった。

七

江戸の朝は、煙のような雨が降っていた。

このような日は、浅草の周辺でも外を歩く人影が少ない。

新見左近は下駄を履いて傘をさし、外出した。

右手を懐手にして源兵衛橋《げんべえばし》を渡り、水戸藩《みとはん》抱え屋敷の築地塀《ついじべい》を右に見つつ、大川沿いを上流に向かって歩いた。屋敷の塀が途切れると、このあたりは急に田舎《いなか》風景に変わり、田圃《たんぼ》が広がっている。その中にこんもりとした杜《もり》が見えるのが、三囲稲荷《みめぐりいなり》の社《やしろ》だ。その先の須崎村《すさきむら》に、義母《はは》が暮らす屋敷がある。

左近の実母である保良《ほら》は、弟の熊之助《くまのすけ》を産むとすぐに、世間をはばかって赤子と共に藩士の越智清重《おちきよしげ》に預けられ、間もなく病没している。

今左近が母と呼んでいるのは、育ての母、新見正信の側室お伊禰《いね》の方《かた》だ。今日は昼餉に招待されていたので、夜までにはお琴の店に帰るつもりで出かけた。

江戸市中の出来事を訊かれるだろうが、松屋のことを語るつもりはない。いつものように、お琴の店の様子でも話すつもりだ。

いつの間にか雨は上がり、薄日が差してきた。傘を畳《たた》んでのんびり歩んでいるうちに、川の堤《つつみ》に人だかりができていることに気づいた。大川を対岸の浅草へ渡す竹屋《たけや》のあたりだ。

人垣にまじり、土手の下を見ると、着物の裾《すそ》を端折《はしよ》った岡《おか》っ引《ぴ》きと下《した》っ引《ぴ》きが、川の中から何かを引き上げようとしていた。

「何かあったのか」

目の前の町娘に訊くと、娘は青ざめた顔を振り向かせ、

「若い女の人が浮かんでいたと聞きましたが、詳しいことは何も」

と言い、頭を下げてそそくさと立ち去った。気分でも悪くなったのか、連れの男がいたわるように付き添っている。

左近は人をかき分けて、前に出た。顔は岡っ引きの背中に隠れて見えないが、白い襦袢《じゆばん》の裾から、蠟燭のように白い足が見えている。

(もしや)

悪い予感がしたので河原に下りてみると、当たっていた。

「お千代さん……」

「おう、知り合いか」

目つきの悪い岡っ引きが食いついてきた。

札差松屋の娘、お千代だと教えると、岡っ引きは渋い表情となった。

「するってえとなにかい。例の、土蜘蛛組の押し込み強盗で一家が殺《や》られたっつう、あの松屋かい」

「生き残っていたのだが、昨日攫われたのだ。今頃は、南町が捜しているはずだ」

「なんでえ、加西《かさい》の旦那は、んなこたあ言ってなかったがな。ま、いいや、おい、富七《とみしち》、ひとっ走り奉行所に届けてきな」

「へい親分」

猫背をかがめてちまちまと小走りで行く富七の背中を見て、

「あの野郎、日が暮れちまわぁ」

と小言をくれて見送る親分の横で、左近はお千代の身体を調べた。

ふくよかで色白の美人だったお千代の面影《おもかげ》はなく、殴られたのか、頬も目も赤黒く腫れ上がっていた。はだけた白襦袢の胸元から露わになった乳房には、くっきりと歯形がついている。それも、一箇所や二箇所ではない。

お千代は手籠めにされて、殺されたのだろうか。

喉《のど》に刃物の刺し傷がある。

岡っ引きが言う。

「喉の傷跡は、どうやら自分で突いたようだ。可哀そうに、操《みさお》を守るために、命を絶ったんだろう」

「この仇《かたき》は必ず取る。お千代、あの世で清吉と幸せになるのだぞ」

怒りに震える手を合わせ、左近はお千代に誓った。


左近が森田町の丹波屋を見張りはじめて、三日が過ぎた。

弥平を清吉に紹介したのは、丹波屋だ。

不審に思い、丹波屋を見張っているのだが、悪事を終えたばかりで警戒しているのか、芳蔵が外出する気配はない。店から出てくる者は皆、下働きの小僧ばかりである。

時刻は夜の五つ（午後八時頃）を過ぎた。今日も長い夜になりそうだと覚悟していると、浅草寺方面から駕籠が現れ、丹波屋の前で止まった。

店の中から取り巻きの者が現れ、あたりを警戒している。そして小太りの男が、ひょいと身軽に駕籠の中に消えた。この三日間で見定めた、あるじの芳蔵に間違いない。

二本差しの用心棒二人が駕籠の前後を固め、店の手代《てだい》が横に付き添っている。すぐには続かず、間を空けて、ちょうちんのぼんやりとした明かりを頼りに歩んだ。

ちょうちんは浅草御門を抜けると左に曲がり、米沢町《よねざわちょう》の料理茶屋、浅田屋《あさだや》の前で止まった。

主人に暖簾を潜らせたあと、用心棒が入り、最後に手代が抜かりない目で周囲を見回して背を返した。

左近は大胆にも、素知らぬ顔で浅田屋の暖簾を潜った。

店は繁盛しているらしく、にぎやかな宴会の声が聞こえてくる。

中庭が望める部屋に通された左近は、妖しい色香《いろか》を放つ女中に一分金をにぎらせて微笑《ほほえ》む。

「先ほど入られた客が知り合いではないかと思うのだが、わけあって顔を見られるとまずいのだ。すまないが、どこの部屋に入られたか調べてもらえぬか」

「あいあい」

甘い体臭を残して座敷を出て、程なく膳を持って戻ってきた女中は、声を潜めて、ひとつ間を空けた右隣の部屋だと教えてくれた。

礼を言って、静かに飲みたいから、隣の部屋には客を通さないでくれと頼み、一分金をもう一枚渡すと、女中はしなを作って甘い声で言った。

「お侍様」

「うん？」

「お風呂に入っていってくださいましな」

「風呂か……」

この三日のあいだ、湯屋《ゆや》に行っていない。

「……臭《にお》うか？」

女中が目を丸くして、手をひらひらと振った。

「違いますよう。うちはお風呂も自慢なんでございますよう」

「そうか、ではこれを飲んだら入らせてもらおう」

「あいあい」

女中は嬉しそうな笑みを浮かべて、風呂の場所を教えると、いそいそと座敷から出ていった。

表情を引き締めた左近は、行灯《あんどん》の火を吹き消し、襖に顔を近づけて様子をうかがった。

「芳蔵、このようなところに呼び出したからには、よい知らせであろうな」

「へえ、それはもう」

「して、あの方はなんと申された」

「町方のことは心配せず、次の仕事に手をつけろと」

「それが、よい知らせか」

「へい、これはその、手間賃ということで、へい」

「ほほう、旨そうな切り餅じゃの。で、どこをやる」

「越後屋――」

「待て」

そばで控えていた浪人が二人の会話を切らせ、襖を開けはなった。

そこには火の消えた行灯と枕屏風があるだけで、ひっそりとしている。

「どうしたい」

「人がいたような……いや、気のせいであったか」

「ささ、今夜は飲み明かしましょう」

ゆっくりと襖を閉める浪人の背後で、丹波屋芳蔵から杯を受けている男を、左近は襖に開けた穴から、驚きと共にのぞき見ていた。

左近は湯に浸《つ》かって帰ることにして、教えられた風呂場に行った。湯船は広くはないが、三日ぶりの湯は気持ちがいい。首まで浸かって目を閉じていると、湯煙の向こうに、誰かが入ってきた。

「お侍様、お背中をお流しいたしましょう」

言われてぎょっとした。なんと先ほどの女中が、襦袢姿でいる。湯熱でほのかに赤く染まった肌が透《す》け、男心をそそる色香を放っている。

「こちらへどうぞ」

ただの風呂でないことを、今の今になってようやく知った。逃げようかと思ったが、据《す》え膳《ぜん》食わぬは男の恥《はじ》。これも見聞を広めるためと自分に言い聞かせて、女のすすめに応じた。女中は優しく身体に触れて、背中を洗いはじめた。

「丹波屋は、よく来るのか」

「ええ、月に二、三度は」

「さもあろう、ここは美人が揃うているからな」

「あら、お上手」

「おい、そこは洗わなくてもいい」

「ふふふ」

「連れの武家も常連なのか」

「ええ、でもあのお方のお世話をするのはちょっと……」

「……なぜだ。男前ではないか」

「丹波屋の旦那に言わないでくださいよ」

「言わぬ。そこまで親しゅうないのでな」

札差の丹波屋に借金でもしていると思ったか、女は哀《あわ》れむ目となった。

「あたしも、丹波屋の旦那は嫌いなの。でも、一緒にいるお侍はもっと嫌い」

「おとなしそうではないか」

「とんでもない。中身は獣《けだもの》ですよ」

女が襦袢の裾を開いて膝の上を跨《また》いできた。

「おい」

襦袢の胸も開いて豊満な乳房を出すと、顔に押しつけてくる。

「い、いきなり何をする」

柔らかい肉圧に声が潰された。

「ふふ、いいでしょう。でもね、この女の命を、あの男に嚙みちぎられた娘がいるのよ」

顔を離して見上げると、女は涙目になっていて、売られてきたばかりの生娘《きむすめ》だったと言った。丹波屋と一緒に来たあの侍に、乳房を傷つけられたせいで商売ができなくなり、店を出され、今は生きているかもわからぬという。

左近は、無惨《むざん》な姿で川に捨てられていたお千代のことを思った。そうすると、目の前の女と遊ぶ気にもなれず、また来る、となだめて風呂を出た。

八

月光が大名屋敷の甍《いらか》を青黒く光らせている。

町が寝静まった頃、本町《ほんちょう》の通りを走る集団がいた。黒装束《くろしょうぞく》に身を包んだ者どもは、覆面をして、腰に刀を差している。一人が大店の前に止まって身を潜め、周囲に人気がないことを確かめると、仲間に合図をした。

暗闇から姿を現した仲間が、静かに、路地の中に消えてゆく。裏木戸の前を囲むと、一人が腰を低くして戸の隙間《すきま》に道具を差し込み、閂をはずした。ゆっくりと開いて中の様子をうかがう。時刻は八つ（午前二時頃）、屋敷の庭は物音ひとつしない。

先手の合図で、賊が一気に中へ押し込んだ。最後に入った者は、丁寧《ていねい》に木戸を閉め、閂を嵌める。鼠一匹、外には出さぬということだ。

「いいか野郎ども、抜かるなよ」

小声だがドスの利いた声で芳蔵が命じると、鬼助が屋敷の雨戸に手を伸ばした。

「どこへゆく」

背後の暗闇から声がしたので、盗賊どもは息を呑んで振り向いた。

月の蒼《あお》い光を背に、左近がゆらりと立っている。芳蔵たちからは、銀杏髷《いちょうまげ》と大小を腰に差した姿が、黒い影となって見えたであろう。

「お前たちが行くところはそっちではない、地獄だ」

「野郎、何者だ」

顔を確かめるために前に出た鬼助が、

「てめえは、新見左近……」

憎々しげに言った。

「誰でい」

「お頭《かしら》、あの野郎が松屋にいた、出しゃばりの用心棒ですよ」

「江戸の用心棒、とでも言っておこうか」

「けっ、浪人ごときがほざくな」

十人の賊が一斉に刀を抜いた。

「殺生《せっしょう》は好かぬ。が、これまでお前たちに殺された者にかわって、この新見左近が成敗してくれよう」

左近は宝刀安綱を抜き、ゆっくりと正眼に構えた。

「やれ」

賊の二人が声もなく斬りかかろうとした刹那《せつな》、左近が素早く踏み込み、安綱が蒼い輝きを放って舞う。

ぐう——。

うげぇ——。

瞬《まばた》きをするあいだに勝負はつき、斬りかかった二人が頭から突っ伏すように倒れた。

左近の凄まじい剣を見て、芳蔵が瞠目した。

「やろッ」

賊が一斉に動き、次々と太刀を振り下ろしてきた。だが所詮《しょせん》は賊のなまくら剣法。左近は電光のごとく右へ左へ動いて刃をかわし、一刀のもとに賊を斬り伏せてゆく。

またたく間に手下八人を斬られ、芳蔵は刀を放り出して平伏した。

「まっ、待ってくれい。命ばかりは、このとおり」

鬼助は尻餅をついて、

「あわわ、あわわ」

と口を震わすばかり。

血走った双眼《そうがん》を向ける左近は、もはやいつもの温厚な人物ではない。

血がしたたる安綱を芳蔵の頬に当てた。

「裏で貴様らを操《あやつ》っているのは誰だ。正直に申せ」

「そ、それは……」

芳蔵は額を地面に擦りつけ、黙り込んだ。

「……言わぬなら、おぬしらを斬る」

鬼助の前で安綱を振り上げた左近は、背後に殺気を感じ、瞬時に身を縮めて横転した。その刹那、闇の中に乾《かわ》いた発砲音が響き渡った。

「ぎゃあぁ！」

鉄砲の弾に胸を貫《つらぬ》かれた鬼助が悲鳴をあげ、口から血泡を吹いて仰向けに倒れた。

左近が木戸を蹴破って外に出た時には、屋敷の塀から銃撃した刺客の姿はなく、足下には、火縄がくすぶる鉄砲が捨てられていた。

この隙に逃げようとした芳蔵が雨戸を蹴破ろうとした時、越後屋の者が出刃《でば》や棒切れを持って、行く手を塞いだ。

「どこまでも腐った野郎だ」

左近は芳蔵の喉元に安綱の刃を当てた。

「ひ、ひぃ、言います、言いますとも」


夕刻、左近は北辻橋を渡って亀戸に来ていた。川を越えてしばらく行くと急に人家が減り、亀戸まで来ると、田圃や草原が広がっている。

芳蔵が白状した者の隠れ家は、そんな田舎の藪原《やぶはら》の中に、人目を避けるようにひっそりとある。先日、お千代と清吉をつけていた浪人が入った、あの屋敷だ。

先日は朽《く》ちた空き屋敷と思うていたが、実は、まだ新しい。

亀戸の屋敷は、芳蔵に指図をしていた黒幕、勘定奉行杉浦土佐守信貞《かんじょうぶぎょうすぎうらとさのかみのぶさだ》が、妾のために買い与えた物だという。わざと古く見せているのは外の塀だけで、屋敷自体は贅《ぜい》を尽くした物らしい。その普請《ふしん》の費《つい》えは一万両を超えているとかいないとか。いずれにせよ、三千石の旗本にできることではない。

沛然《はいぜん》たる昼間の豪雨がやみ、夕焼けの美しい空の下で、左近は藪の中に身を潜め、門を見張っていた。

一刻（約二時間）が過ぎた頃、すっかり日が落ちて暗闇となった道に、ぼんやりとしたちょうちんの明かりが見えた。田圃の道を進む明かりが屋敷の前で止まると、油が切れた蝶番《ちょうつがい》が鈍《にぶ》い音を発して、四脚門《よつあしもん》が開かれた。

屋敷内は松明《たいまつ》が焚《た》かれて明るい。そのおかげで、門の敷居を跨ぐ人の影がはっきりと見える。乗物を警固する侍が五人。皆覆面をしており、以前に不忍池で出会うた者の気配であると、左近は気づいた。

気配でわかるのは、左近がまだ新見正信を本当の父と思っていた頃、屋敷を訪れる老師から学んだ剣術のなせる業《わざ》である。

老師の修行は凄まじく、幾度となく血反吐《ちへど》を吐いた。

さぞ高名な剣術であろうと思い流派を訊いても、老師は皺《しわ》だらけの顔に微笑を

浮かべ、

「なに、わしのは我流じゃよ」

と言うばかり。

新見正信から本当の父の名を告げられ、根津の上屋敷に居を移したあとも、老師の厳しい修行は続いた。そして左近が十五の時に奥許《おくゆる》しをいただき、老師いわく我流剣術の、免許皆伝《めんきよかいでん》となったのだ。

「これが、証《あかし》じゃよ」

老師は二尺七寸の宝刀安綱を授《さず》け、以来姿を消した。

剣術の秘密を教えてくれたのは、実父の徳川綱重である。

父は床で末期《まつご》の目を泳がせながら、

「そなたは、いずれ将軍になる身じゃ。葵一刀流《あおいいつとうりゆう》を授けたは、その証。怠《おこた》るでないぞ」

左近だけが知る、遺言である。ついに老師の実名は聞けなかった。

密かに将軍家の秘剣を体得させたのは、何年後かに起きる将軍家の争いを、綱重が予測していたからかもしれない。

（でもまさか、おれが浪人になろうとは、思うてもいなかったであろうな、父上

は)

次期将軍の座を狙う綱吉との争いの火種は、くすぶりはじめたばかり。だが左近は、権力をほしいままにする幕閣の言いなりになり、叔父《おじ》の綱吉と争うつもりはないのである。

病気と称して身を引いたのは、無駄な争いを避け、跡目のことは現将軍家綱にいっさいをまかせるためでもあった。

暗闇の中で呆然《ぼうぜん》と屋敷を見つめていた左近は、ふたたび門が開き、羽織袴姿の侍が中に入ったのを確認して、行動を起こした。

「殿、土蜘蛛組の頭、丹波屋芳蔵の獄門《ごくもん》が決まりましてございます」

「何」

勘定奉行、杉浦信貞は顔に血をのぼらせた。

「そちがついていながら、なんとしたことか」

「申しわけございません。ですが、ご心配はいりませぬ。今宵それがし、お奉行のお命頂戴《ちょうだい》いたす所存」

「殺すのか」

「その混乱に乗じて、芳蔵を逃がします」

「うむ、そうしてくれるか。よしよし、土蜘蛛組には、まだ働いてもらわねばならぬからのう。宮崎め、あれほど脅しをかけたに屈せぬとは、おのれ、今に見ておれ」

「首尾《しゅび》よく暗殺に成功したのちは……」

「わかっておる。この金でわしが出世すれば、そちを奉行にすることなど造作《ぞうさ》もないことじゃ」

「はは、そうなったあかつきには新たな土蜘蛛を仕込み、また甘い汁を存分に吸いましょうぞ」

「ふふ、ふふふ。そうかえ。うん、それはよい。政《まつりごと》には、金がいるからの」

人払いをしている奥座敷は、杉浦が手を懐に入れた衣擦《きぬず》れの音が聞こえるほど静かである。

「これは手間賃だ。取っておけ」

杉浦は、惜しげもなく二百両の包金《つつみがね》を差し出した。

「おそれいります」

「帰りのついでに望月《もちづき》に声をかけてくれ。今宵はわしも、本郷《ほんごう》の屋敷に戻る」

「では、これにてごめん」

左近は、玉砂利《たまじゃり》を踏みしめる男を見定めると、物陰からつと現れた。

「待ちかねたぞ、兵梧」

南町奉行所与力、田坂兵梧は、庭に横たわる杉浦家家臣たちを見て顔面蒼白《そうはく》となり、すらりと姿を見せた左近に瞠目した。

「に、新見」

今の兵梧に、色男の面影はない。金と血に飢《う》えた畜生なのだから。

「お千代の仇、取らせてもらう」

「何を馬鹿なことを言っている。おれがお千代に何をしたと言うのだ」

兵梧は隙なく歩を進め、左近の側面に回った。

「なるほど、狂乱すると何も覚えていないらしい。畜生にも劣《おと》る野郎だ」

一気に、兵梧の身から殺気がみなぎってきた。

「その言いよう、許さぬ」

兵梧は腰を落とし、刀に手をかけた。左近は身体を正面に向けたが、まだ安綱に手をかけていない。

「地獄に堕《お》ちる前に、手を合わせてお千代に詫《わ》びろ」

「……ふん、自分で喉を突いて死んだのだ。知ったことか」

「外道め！」

兵梧が左近の気迫に応じて刀を抜き、正眼に構えた。

「杉浦様のご家来衆は手練《てだれ》ばかり。それを一人で倒すとはおぬし、腕は確かなようだな。流派を聞いておこうか」

左近は安綱を抜き、ゆるりと下段に構えた。

「将軍家秘剣、葵一刀流」

兵梧が目を丸くした。

「ざ、戯《ざ》れ言《ごと》を申すな。直心影流《じきしんかげりゅう》免許皆伝の技を受けてみよ」

刀を振りかぶったが、すぐに引き、正眼の構えに戻した。

安綱をゆらりと構える左近だが、内から放つ気迫は凄まじく、相手には二倍にも三倍にも大きく見える。

兵梧は押し潰されそうな気迫に歯を食いしばった。目を吊り上げ、鼻の穴を膨らませて息を荒くしている。

「おのれ！」

恐怖を振り払うかのように一気に間合いを詰め、眉間を狙って打ち下ろしてきた。

左近は電光の動きで懐に飛び込み、一度も刀を擦《す》り合わすことなく、兵梧の胴を深々と払った。

ぐうぁ――。

前かがみに倒れた兵梧は、二つ三つ大きな息をして、動かなくなった。

「お千代の苦しみを思い知れ」

血振りをくれた左近は、静かに安綱を鞘に納めた。

そして、家臣の名を呼ぶ杉浦の声のほうに目を向けると、ゆっくり屋敷に歩を進めた――。

第二話　闇の剣

一

新月の夜は、家路につく者たちの足を速めた。

ことに大店《おおだな》のあるじともなれば、

(このような夜は狙われやすい)

と自分に言い聞かせ、小走りする者もいる。

長びいた寄り合いを終えて、柳原通《やなぎわらどお》りを浅草御門の方角へ歩いていた生田屋《いくたや》宗八《そうはち》も、そんな一人だ。

ちょうちんをかざす小僧の後ろでしきりにあたりを見回しては、何やらつぶやいて首をすくめている。通りの店はどこも上げ戸を下ろし、戸口を固く閉ざしていて、明かりすら漏れていない。

「木曾屋《きそや》がぐずぐず言うから、こんなに遅くなっちまったよ。急ぐよ、六助《ろくすけ》」

宗八が寄り合いを長引かせた者の悪口を言いながら小走りしていると、急に風が吹いてきて、柳の枝を揺らした——その時。

物陰から染み出るように、人影が現れた刹那《せつな》、旋風《つむじかぜ》が一閃《いっせん》した。

目を大きく見開いた宗八は、小僧の六助ともつれるように地べたに倒れると、もう動かなくなった。

投げ出されたちょうちんが燃え、走り去る何者かの背中を浮かび上がらせたのだが、それはほんの短いあいだだけで、すぐに、闇の中に溶けて見えなくなった。


浅草の湯屋で朝風呂を浴びた新見左近は、谷中のぼろ屋敷に帰ってきた。

今朝は天気がよく、日の出と共に青空が広がっている。

線香の匂いがする寺前町の通りを歩いていると、上正寺《じょうしょうじ》の門から若い女が出てきた。色白で瓜実顔《うりざねがお》の、なかなかの美人であると思うたが、それだけのことで、あいさつもすることなくすれ違った。

屋敷の門を潜《くぐ》った左近は、ぴりぴりと肌を刺すような気を感じて足を止めた。

玄関の見た目に変わりはないのだが、中に誰かいる。

人が無意識のうちに放つ生命の気を感じ取ることは、葵一刀流に限らず、剣の道を極めた者ならできる業《わざ》だ。

左近は、静かに戸を開けた。相変わらず気が肌を刺すのだが、それが殺気ではないことは、わかっている。上がり口に、履物《はきもの》はない。裏から侵入しているらしい。ほのかに炭が焼ける匂いがする。

左近は安綱を鞘《さや》ごと抜いて左手ににぎり、居間のほうへ歩んだ。

「やッ」

囲炉裏《いろり》の前に正座する人物に、左近は思わず声をあげた。

「義父上《ちちうえ》」

「殿、いい加減、そのちちうえはおやめくだされ」

頭を下げたのは、左近の育ての親、甲府藩筆頭家老、新見正信だ。

「義父上こそ、堅苦しい物言いはやめてくだされ」

この二人、会えばいつもこうである。

が、すぐに相好《そうごう》を崩し、昔の親子に戻るのだ。

くたびれた羽織袴《はおりはかま》に脇差ひと振りを腰に差し、渋めの茶色い大黒頭巾《だいこくずきん》を被《かぶ》る正信の身なりは、どこから見ても貧乏旗本の隠居である。親藩《しんぱん》甲府二十五万石の筆頭家老とは、誰も思うまい。

「実はのう、左近……」

遠慮なく膝《ひざ》を崩した正信は、口調も親子のそれに戻した。

「……義父上、なんでございますか」

「うむ、実はつい先頃、勘定奉行の杉浦土佐守信貞殿が腹を切った」

「で、ございますか」

探るように言う正信に、左近は顔色ひとつ変えずに応じた。

「何か、思うところがあったのでしょう」

「それがな、妙なのだよ。たれぞ介錯《かいしゃく》をした者がおるのじゃが、家臣の者は知らぬらしい」

「ほう」

「大老の酒井忠清《さかいただきよ》殿が申されるにはだ、古狸《ふるだぬき》のあ奴めに素直に腹を切らせるなど、よほどの者にしかできぬ……ことらしい。上様か、わし以外にはできぬ。そう申された。それにじゃ、首の斬り口を検分した者が、その鮮《あざ》やかさに舌を巻いておったらしいのじゃ」

「で、ございますか」

正信は白い眉毛《まゆげ》を片方だけ上げて、下からのぞくような目をした。

「左近、よもや、お前ではあるまいな」

「さあ、覚えがございませぬ」

「ならば聞け、そちが死ねば、喜ぶ者が大勢おる。よいな、義母上《ははうえ》のためにも危ないことはするでないぞ」

「………」

「まあよい。これは、太刀《たち》の磨き料じゃ」

正信は、亀戸の屋敷に残されていた他の斬殺体の、その斬り口の鮮やかなことも告げて、百両を置いた。

「安綱は、徳川の血を引く者しか持てぬ宝刀じゃ。大事にいたせ。と、これは上様からのお言葉だ。肝《きも》に銘《めい》じておけ」

「はあ」

現四代将軍家綱は、左近が市中に出ていることは知らぬはず。

いぶかる左近に慌《あわ》てた正信が、ごまかすように空咳《からせき》をした。

「ところで、義母上は息災《そくさい》か」

「はい」

「うむ、それは何より。ではこれにて」

膝を立てて腰を上げかけ、

「よいな、くれぐれも、上様のお言葉忘れるでないぞ」

「…………」

「と言うて、おとなしくするお前でもあるまい。土佐守の悪事は、上様のお耳にも届いておる。おお、ひとつ言い忘れておった。最近は大店のあるじばかりを狙う辻斬《つじぎ》りが出るそうな。昨夜も材木問屋が斬り殺された。まあ、浪人のお前が狙われはすまいが、夜は出歩かぬに越したことはない。ではの」

正信は一方的にしゃべると、さっさと一人で帰っていった。

義父《ちち》を玄関で見送りながら、嵐が去ったあとのような静けさの中で左近が呆然《ぼうぜん》としていると、視界にぱっと花が咲いた。藍色《あいいろ》の生地《きじ》に赤い唐花七宝《からはなしっぽう》の模様の小《こ》袖《そで》を着たお琴が門の前に立ち止まり、根津の上屋敷に向かう正信の背中を珍しそうに見ている。

「お客様だったの」

「父上が来ていた。暇《ひま》な年寄りゆえ、散歩がてらに顔をのぞかせたのだ」

「まあ、新見のおじ様ならごあいさつしないと」

あとを追おうとしたお琴を止めて、

「して、お琴、今朝はどうしたのだ」

「今日はお休みだから、左近様を縁日に誘いに来たのよ。はい、これおにぎり、朝ご飯まだなんでしょう」

居間に入ると、塩むすびに蓮根《れんこん》と鶏《にわとり》や里芋《さといも》の煮物を入れた竹籠《たけかご》を並べてくれた。

「おお、これは旨《うま》そうだ。かたじけない」

程よい塩加減のおむすびを頬張《ほおば》り、煮物に箸《はし》をつけた。甘辛《あまから》い味の蓮根の歯ごたえはたまらない。

旨い朝餉《あさげ》に満足してお茶を飲み、お琴と出かけたのは神田明神《かんだみようじん》だ。

今日は縁日なので、参道には団子、桜餅《さくらもち》、甘酒や水飴《みずあめ》などの出店が並び、芸人たちが得意の技を披露《ひろう》して歓声を浴びている。

人と肩を触れなければ歩めないほどだから、人に刀がぶつかるといけないと思い、腰の安綱を落とし差しにした。

「お琴、はぐれるといけない」

手を出すと、お琴は恥ずかしそうにうなずいて、そっと袖をつかんだ。

出店の雰囲気を楽しみながら参道を歩んでいると、ひときわ歓声があがる一角があり、そこだけ人の流れが止まっていた。

女軽業師《おんなかるわざし》が、相方の女の言葉に合わせて見事な技を次々と披露し、そのたびに観客が歓声をあげている。

中でも、見物人の目を釘づけにしたのは、軽業の芸を終えた女が戸板を背にして立ち、相方の女が、小刀を投げる芸だ。目を隠して投げた小刀が、軽業の女のわずかに広げた腕のあいだや、首筋をかすめるように寸分の狂いもなく突き刺さり、悲鳴とため息が入り交《ま》じった歓声が起こった。感動した観客は、惜しげもなく小銭を投げている。

人気の秘密は芸の凄《すご》さはもちろん、二人が若くて美人であるからだろう。隣で剣の技を見せていた浪人風の男などは、客を奪われてふて腐れるどころか、商売を忘れて見入っている。

お琴は小刀投げの時は目を塞《ふさ》いでいたが、終われば熱狂した歓声をあげて、巾《きん》着《ちゃく》の口を開けて銭を投げた。

唇《くちびる》に紅《べに》をさした軽業師の女が、足下《あしもと》に溜《た》まる銭に感謝し、観客に笑顔を振りまいている。

お琴の横でその美しい笑顔を見ていた左近は、女の目が一点を捉《とら》えた刹那に、強い殺気を放つのを感じた。それはほんの一瞬のことであり、確信は持てないのだが、以後、女のこころはこの場にはないように思えた。

「左近様、今度は向こうに行ってみましょうよ」

お琴に袖を引っ張られ、猿回しの見世物に向かった。

滑稽《こっけい》な猿の動きに笑い転げるお琴の横で、左近は先ほどの軽業師がいた場所に目を向けた。しかしそこにはもう、二人の姿はなかった。

「ああ、楽しかった」

お琴は満足した様子で、帰りの道を歩んでいる。

「ねえ、左近様」

「うん」

「どうやったらあんなこと、できるようになるのかしら」

お琴は右腕を振り、物を投げる真似《まね》をしている。着物の袖が揺らぐたびに、匂い袋のよい香りがしてきた。

左近は、あの二人は忍び崩れであろうと思っていたのだが、

「きっと、幼《おさな》い頃から厳しい稽古《けいこ》を重ねて、芸を仕込まれたのだろうな。剣術と

同じで、すぐ身につくものではない」

「わたしが覚えようというのじゃないのよ。女の人なのに、凄いと思っただけ」

「そうだな。食うためとはいえ、ひとつ間違えば命を落とす」

「ね、今日はうちで夕餉を食べてくださいよ。付き合ってもらったお礼がしたいの」

「お、いいのか」

「もちろん。おいしい魚でも買って帰りましょう」

二人は日本橋《にほんばし》の魚河岸《うおがし》まで足を延ばした。

正午を過ぎても、日本橋から江戸橋《えどばし》までの日本橋川北岸一帯は買い物客が大勢いる。

お琴が、本船町《ほんふなちょう》の贔屓《ひいき》にしている魚屋の徳平《とくへい》に声をかけると、

「おう、お琴ちゃんかい。今日はいい鮟鱇《あんこう》が入えってるぜい」

と伝法《でんぼう》な口調で言い、四十を過ぎた徳平は前歯が抜けた口をにんまりとした。

「それいただくわ」

今日は鮟鱇鍋《なべ》にしましょうと言うお琴にうなずきながら、左近は徳平の包丁さばきに見とれていた。

この小太りの男、薄くなった頭に細い髷《まげ》をちょこんと載せて、背は五尺（約百五十センチ）にも届かぬ容姿なのだが、包丁をにぎれば必ず何人か立ち止まらせる。

今も手際よく鮟鱇をさばきはじめると、買いつけに来た料理人や料理屋の亭主などが立ち止まり、技に見入っている。

当の本人はそのようなことを気にするでもなく、鮟鱇の身を切り分けるのに夢中だ。

ぶよぶよの白身が正確かつ素早く切り取られ、次々と桶《おけ》の中に入れられていく。

「あいよ。肝入りの特製味噌《みそ》だれを入れてあっからよ。これで味をつけない」

「ありがとう徳平さん」

歯抜けの顔をにんまりとさせる徳平は、次の注文を受けていそいそと仕事に戻っていった。

葱《ねぎ》、人参、豆腐に、こんにゃくを入れた鮟鱇鍋は、徳平特製のあん肝入り味噌だれのおかげで最高に旨い。

二人では食べきれないので、およね夫婦を呼んでいたのだが、亭主の権八《ごんぱち》は、

「こんなうめえ物食ったことねえ」

と言い、久々だという酒を飲んで調子が上がっていた。

腕のよい大工の棟梁《とうりよう》の下で働いている権八は、鼻と頬だけ真っ赤にして、すっかり据《す》わった目を左近に向けてこう言った。

「やい、おめえ、あんでお琴ちゃんを嫁にしねえんだ。こんないい娘はめったにいるもんじゃあねえぜ」

「そうであるな」

気圧《けお》されてつい出た言葉に、お琴が顔を赤くしてうつむいた。

権八が鮟鱇鍋と酒を馳走《ちそう》されて言っているのではないことは、左近もわかっている。およねにも以前同じことを言われていたので、いつも夫婦でこの話をしているのだろう。

「亡くなったお琴ちゃんの姉さんを想う気持ちはわかる、わかるけどよ……痛《い》ってえな、おい、かかあ、何しやがんでえ」

権八の撥鬢頭《ばちびんあたま》をぺしりとたたいたおよねが叱《しか》る。

「そんなことはお前さん、素面《しらふ》の時に言いなよ」

「つるせえやい！　だいたいてめえは――」

「はいはい、もう終わり。喧嘩《けんか》するんなら家でしてちょうだい」

　手を打ち鳴らして止めたお琴が、

「二人とも何か勘違いしてるのよ。わたしは、今のままがいいんです！」

　と言い、おとなしくなった権八の杯《さかずき》に酒を注いでやっている。

「すまぬ」

「やだ左近様、あやまらないでくださいよ……」

「………」

「左近様がわたしのことをどう思っているのか、わかっているつもりです……わたしも、兄と思っているんですから」

　妹と思っていることは、以前に告げたことがある。お峰の手紙を受け取って、しばらくした頃だ。妹と思って、これからも見守っていくつもりだと。

「お前さんが余計なこと言うから、せっかくの場がしらけちまったじゃないか。ほら、寝たふりしないであやまりなよ」

「あ、ども、すいやせんでした」

「ごめんね、おかみさん、左近様も。この人、明日からはじまることになっていた仕事がなくなって、荒れてるんだよ」

「てめえこそ余計なこと言うもんじゃねえ。こればかりは親方もどうにもなんねえんだ」

「権八殿、何かあったのか」

口ごもる権八にかわって、およねが答えた。

「ほら、材木問屋の生田屋宗八さんが辻斬りに殺されたもんだから、決まってた大工仕事がなくなっちまったんだよ。ただでさえ暮らしが苦しいのにさ、困ったもんだよ」

権八が指で鼻をこすって言う。

「親方と宗八さんは友人だったらしくってな。そりゃもう、落ち込んでいなさらあ。そんな時に仕事くれなんざ言えるもんかい」

お琴が思いついた顔をした。

「だったら権八さん、うちに来てくださいよ」

「へっ」

大工の権八、女物の小間物なんぞ売れねえという顔である。

「違うわよ。雨漏りで床が腐っている部屋があるの。そこを使えるようにしたいから、修理をお願いできるかしら」

「そりゃもう喜んで」

「悪いわねえおかみさん。なんだか催促《さいそく》したみたいでさぁ」

「直そうと思ってたから、ちょうどよかったわ」

「よかったな、権八殿」

「へい」

「よし飲もう」

「もちろんでさあ」

左近と権八は夜遅くまで酒を酌《く》み交《か》わした。

二

翌朝、今日もこれといってすることがないので、権八の仕事ぶりを見てやろうと思いつき、安綱をにぎって外出した。

上野山《うえのやま》の鬱蒼《うつそう》とした森の中で、山鳥のさえずりが聞こえる。右手に松平伊豆守下屋敷の土塀《どべい》が続くこの道は、昼間でも人通りがなく、寂しいところである。

そんな道のほとりに、うずくまる者がいた。赤い着物の女だ。

「おい、どこが苦しいのだ」

白壁にもたれていた女は答える余裕もないのか、背を丸めて、苦しそうに呻《うめ》いている。

青白い横顔をのぞいた左近は、

「そなたは確か……」

見覚えのある顔であった。昨日の朝、上正寺の前ですれ違った女だ。

「近くに知り合いの医者がいるのだが、動けるか」

「もう、大丈夫にございます。すぐそこの上正寺ですから……」

息を荒くして言う女は、白壁を頼りに立ち上がったのだが、ふっと気が抜けてよろめいた。

「いかん」

左近が身体を受け止めた時には、女はすでに意識を失っていた。腕に伝わる女の身体は、驚くほど瘦《や》せていた。

上正寺の康庵和尚《こうあんおしよう》に頼み、医者の西川東洋《にしかわとうよう》を呼びに小坊主を上野北大門町《きただいもんちよう》まで走らせてもらった。

薬箱を小坊主に持たせて、ぜえぜえと息を切らしてやってきた西川東洋は、布団に寝かされた女の枕元に座る左近を見るや、息を呑《の》んで目を丸くした。

「これは……」

――甲州様。

と言いかけた東洋は慌てて口を閉じた。苦笑いを浮かべて、無髪の頭をなでている。

腕のよいこの医者、根津の屋敷で重病の床についている殿様を診《み》に、月に何度か足を運ぶ。ところが、寝所には診る者はいない。

抜《ぬ》け殻《がら》の布団を前に新見正信と半刻《はんとき》（約一時間）ほど世間話などをして時を潰し、寝所を出るのである。また、寝所を出た時にはわざと大きな声で、

「殿様の病《やまい》は快方に向かっておられます。が、油断は禁物。決められた者以外はご寝所に入れぬように」

と脅《おど》して帰ることを忘れない。

おかげで、家来は左近がそこに寝ているものと信じ、決して寝所の襖《ふすま》を開けないのだ。

「いかがされたかな」

落ち着きを取り戻した東洋が、女の前に座った。

「腹を押さえて苦しんでおりました」

「ほうほう」

東洋は気を失っている女の様子を診て、夜着《よぎ》をはずした。

「これ、小坊主は向こうを向いておれ」

などと言いながら帯を解き、着物の前を開いた。女の白い肌が露《あら》わにされたが、腰の骨は浮き、乳房はそれなりにあるのだが、あばら骨が浮くほどに痩せ細っている。だが、腹だけは、ぷっくりと膨《ふく》れていた。

それを診た東洋は、

「おや、これはいかん」

と言い、眉間《みけん》に皺《しわ》を寄せながら腹を触診《しょくしん》した。

「新見様、身体をこちらに向けて、横にしてくだされ」

左近は女の背中の下に手を差し込み、横向きにした。そして、一点に目を奪われた。

背骨が浮くほど痩せた背中には、右肩から袈裟《けさ》に斬られた古い傷跡がある。よく生きていたものだと、そう思うほど大きな傷跡である。

診察を終えた東洋は、気がついたらこれを飲ませるようにと言い、和尚に薬を渡した。

康庵和尚が言うには、女の名はしあわせと書いて幸《ゆき》。寺には半月ほど前から二つ年下の妹と寄宿《きしゅく》している。

「姉妹は幼き頃より身寄りがなく、見世物小屋を転々として苦労に苦労を重ねていたようです」

左近は、和尚に見世物小屋と言われて思い出した。この女は、神田明神の縁日で見た軽業師の相方だ。小刀を投げる技は、実に見事であった。

和尚にそのことを告げると、妹のほうは、今日も一人で稼ぎに出ているらしく、行き先はわかっているので、小坊主を走らせたという。

「では戻られる前に、和尚様には伝えておきましょう」

東洋は一度、お幸を見やって、気を失っていることを確認した。

「この娘は、腹の中に悪い腫れ物《はれもの》があります。水も溜まっておるので、もう長くは生きられませぬ。薬で痛みを取るしか、やりようがない」

「やはりの」

和尚は承知していたのか、驚かなかった。

「で、いつまで生きられますかな」

「うむ、この痩せ細りようだと、ひと月は持ちますまい」

その時、左近は背後にただならぬ気配を感じて、思わず片膝を立てて振り向いた。

寺の庭に、軽業師の格好をした女が立ちすくみ、白目がはっきり見えるほどに、瞼《まぶた》を大きく見開いていた。

「姉さんが、死ぬ」

と言うや否《いな》や、東洋の胸ぐらをつかみ上げていた。

「嘘《うそ》だ。嘘だと言え！」

「うぐ」

絞《し》め上げられた東洋が額《ひたい》に血の管《くだ》を浮かせ、苦しそうに呻いている。

左近は女の手首をつかみ、東洋の着物をねじ上げる力を殺した。

「何をする、放せ！」

女は左の拳《こぶし》を振るったが、左近はその拳をかわすと素早く背後に回り、右手を前に回して動きを封じた。

「放せ、どこ触ってるんだ、このすけべ野郎！」

「あ、すまん」

左近は右手につかんだ着物に、女のふくよかな柔らかさが加わっていることに気づき、慌てて手を放した。

胸元を押さえて後ずさりした女が、きっ、と目を上げて睨《にら》む。すぐにその目から、大粒の涙があふれてきた。

「す、すまん。そんなつもりでは――」

「今の話は、ほんとうなのですか」

一瞬の出来事に圧倒されていた和尚が、娘に問われて我に返った。

「お菊《きく》、お幸は痛みをこらえて元気に見せていたのじゃのう。先生がおっしゃるとおり、だいぶ弱っておるようじゃ。これからは、無理をさせてはいかぬぞえ」

「ここは……」

そこでお幸が細い声を出し、天井を見つめた。

「おお、目がさめましたか」

お幸は着物が乱れていることに気づき、慌てて胸元を閉じた。

「案ずるな。わしは医者じゃ。今身体の具合を診させてもろうておったところでの」

「お菊……わたしはいったい、どうしたのですか」

激痛に苦しんだお幸は、左近に助けられたことを覚えていないようである。

「あのね、姉さん」

「それはの」

和尚が口を挟んだ。

「このお方が、お前が道で倒れたところをお助けくださり、運んでくだされたのじゃ」

起き上がろうとするお幸を止めて、左近は気になっていたことを訊《き》いた。

「お幸さん、お菊さん、二人が江戸に来たのは、何か深いわけがあってのことか」

お菊の顔色が変わった。お幸は黙って天井を見つめている。

「背中の傷を見てしまったのだ。それと関わりがあるのか」

左近は神田明神で感じた殺気のことが気になっていた。

「傷をつけた者を捜しているのか。ここで出会ったのも何かの縁。話してみぬか」

お菊が刺すような目を向けてきた。

「侍が言うことなど信じられるものか。あたしらに何があろうと、あんたには関わりのないこと。さあ、もう帰っとくれ」

「これ、恩人にそのような言い方があるか」

左近は和尚を制し、お菊に向く。

「いやなことを訊いたおれが悪かったのだ。すまない」

お菊は姉に涙を見せまいとして顔を天井に向け、すぐにその場から飛び出していった。

和尚が左近に頭を下げた。

「どうか、無礼を許してやってくだされ」

「許すも許さぬもございませぬ。では、我らはこれにて失礼する」

三

その日の夜、お琴の店で権八の仕事ぶりを見た左近は、お琴と夕餉をすませて屋敷に戻ることにした。不忍池から坂をのぼり、松平伊豆守下屋敷に沿って夜道を歩み、塀の端の三《み》つ叉《また》を左に曲がった時、こっそり寺の門を潜り出る者を見て立ち止まった。

人影は素早くあたりを見回すと、左近のほうへ歩き出した。

咄嗟《とっさ》に森の中へ身を潜《ひそ》めた左近の前を、人影が歩いてゆく。

（おや）

不忍池のほうへ向かう人影は、黒い着物に猫頭巾《ねこずきん》を被り、顔を隠している。腰に差した大小をかたかたと鳴らし、早足で闇に溶け込んでいった。

左近は微《かす》かに感じる気配を頼りに、人影を追った。跡をつける気になったのは、お幸とお菊の姉妹が寄宿する上正寺から出てきたためである。覆面をしているのも気になった。

足早に進む覆面は寛永寺の御門前を右に曲がり、下谷広小路《したやひろこうじ》に向かった。上野黒門町《くろもんちょう》から大名屋敷が並ぶ通りに入ると、人気《ひとけ》がない道をまっすぐ南にくだっていく。

さらにくだり、大名屋敷から神田の町家が並ぶあたりを通り抜け、神田川の前で左に曲がり、東に向かいはじめた。

左近は町角に消えた影を追って曲がったのだが、そこで姿を見失った。だが、暗闇の通りに微かな殺気を感じる。つけていることに気づき、姿を隠しているのかもしれぬゆえ、迂闊《うかつ》に出るのは危険だ。

左近は物陰に潜み、様子をうかがった。すると、遠くにちょうちんの明かりが見え、こちらに近づいてきた。

数人が歩いているらしく、話し声が聞こえたと思うや、物影から黒い人影がつと姿を現した。物も言わずに刀を抜き払ったらしく、ちょうちんの明かりにぎらりと刃《やいば》が光った。その刹那、男の悲鳴があがった。

「しまった」

辻斬りと知って左近が飛び出した時には、倒された男と共に地べたに落ちたちょうちんが燃え上がった。その明かりに照らし出されたもう一人の男は、恐怖に顔を歪《ゆが》ませ、

「た、助けてくれ」

と懇願《こんがん》しながら必死に後ずさりしている。

無言で刀を振り上げた辻斬りの目が、ぎろりと輝きを放った。眉間を狙って打ち下ろした刀が、男の額を斬った。と思った刹那、鈍《にぶ》い音を発して弾《はじ》き返された。間一髪、左近が抜き合わせた安綱が間に合ったのだ。

「くッ」

辻斬りは刀を八双《はっそう》に構え、なお挑《いど》んでこようとした。

「よさぬか」

左近は静かな口調で言い、安綱を正眼《せいがん》に構えた。

互いの間合いは二間（約三・六メートル）、勝負は一瞬で決まる。

緊迫した空気の中、騒ぎを聞きつけて通りに人が集まりはじめた。

夜の空に、番屋に詰めていた岡っ引きが応援を呼ぶ笛《ふえ》の音が響き渡る。

状況が変わり、辻斬りは油断なく退《しりぞ》いて間合いを空けた。そして素早く身をひるがえすと、闇の中に走り去った。

左近は、大きな息を吐いて安綱を鞘に納《おさ》めた。今の辻斬り、かなりの遣《つか》い手《て》である。

「おい、怪我《けが》はないか」

足下で震える男の腕を取って立たせた。

「やっ、親方ではないか」

「新見様……」

息を呑んだのは、仁助《にすけ》だ。

仁助は、権八を雇っている大工の棟梁である。

「こりゃどうも、すまねえ」

目を伏せて礼を言う仁助は、斬られたのは大工仲間の一人だと告げて、唇を噛《か》みしめた。

「野郎、ただじゃおかねえ」

「親方、この男は生きている。峰打《みねう》ちだ」

左近が身体を起こして気合を入れると、男はすぐに息を吹き返した。驚いたような目で周囲を見回している。

「親方、命を狙われたのはお前さんのようだが、心当たりは」

「相手は辻斬りだ。そんなものあるわけねえですよ。だがあの目は忘れねえ。今度見かけたら、おれがこの手で殺してやらあ」

仁助が太い眉を吊り上げて息巻いた。

遠巻きに見ている野次馬をかき分けて、奉行所の連中がやってきた。その中に、見知った顔がある。

「お、新見殿ではないか」

親しげな笑みを浮かべて近づいたのは、南町奉行所与力、田坂兵梧の下で働いていた同心の宗形《むなかた》次郎である。

この若い同心は先日、兵梧様は勘定奉行の屋敷に一人で行き、見事に悪を退治されたと、大げさに言っていた。

どうやらあの一件、兵梧が命と引き換えに、勘定奉行を成敗したということになったらしい。誰がどのように動いたのかは知らぬが、南町奉行、宮崎若狭守重《しげ》成《なり》もなかなかの狸である。

「襲ったのは、辻斬りでござるか」

「おそらく、そうであろう」

宗形は十手を首に当てながら、思案顔をした。

「材木問屋の生田屋宗八を殺《や》った奴に間違いねえな。棟梁、生田屋は一太刀《ひとたち》で即死だぜい。新見殿に感謝しなよ」

「へい、新見様、ありやとやす」


左近は夜の四つ半（午後十一時頃）頃、谷中のぼろ屋敷に帰った。

茶碗で冷酒を飲み飲み、先ほど剣を交《まじ》えた辻斬りのことを考えていた。

「どうも、いかんな」

左近は刀を交えた時に、覚えのある匂いを嗅《か》いでいたのだ。

布団にごろりと横になり、まんじりともしないで天井を見上げていると、庭に忍び込む気配に気づいた。侵入者もなかなかの強者《つわもの》らしく、並の剣士ではとうてい気づくことのできぬほどに気配を殺している。

葵一刀流を極めた左近だからこそ、侵入者に気づいたのだ。

「やはり、来たか」

安綱をにぎって夜着を被り、寝たふりをしていると、静かに雨戸が開けられた。体重がないのかと思うほど静かに廊下を進み、左近がいる部屋の前で立ち止まった。

障子越しに微かな気を放ち、中の様子をうかがっている。どうやら侵入者は、忍びの技を体得しているらしい。

左近はわざと気配を殺さず、いびきまで聞かせてやった。

枕元まで近づいた侵入者は、裂帛《れっぱく》の気合と共に小太刀《こだち》を夜着に突き刺した。いや、突き刺したように見えたが、寸前に夜着が宙に舞い、抜き払った安綱が小太刀を弾いた。

「おのれ！」

侵入者は一旦跳び退《の》き、小太刀を逆手に持って下から斬り上げてきた。その切っ先を鼻面《はなづら》寸前でかわした左近は、瞬時に前に出、安綱の柄《つか》で鳩尾《みぞおち》を強打した。

「うっ」

侵入者は、左近の腕の中へのめり込むように倒れた。

外が白みはじめると、部屋の中に瓜実形の小顔が浮かんだ。

上正寺の中にある一室である。左近は闇夜の中、侵入者を担《かつ》いで寺まで運んでいた。桜色の唇を少しだけ開いて気絶するお菊の前に、左近は座っている。

さらに外が明るくなった頃、お菊は眉間に皺を寄せて、苦しそうな息を吐いて目を開けた。

「よう」

目の前に座る左近に瞠目《どうもく》し、跳び上がるように上半身を起こしたお菊は、部屋の角まで後ずさりした。

「おのれ」

立ち上がったお菊は、腰のあたりを探っている。

「これか」

と言い、左近は十本の手裏剣をかざした。

「物騒な物を持っておらぬか、調べさせてもろうたぞ。なかなかよい身体をしているな」

お菊は慌てたように着物の胸元を押さえ、左近を睨んだ。

「ふふ、冗談だよ」

裾《すそ》を絞《しぼ》った踏込袴《ふんごみばかま》に鉄砲袖《てっぽうそで》の黒装束《くろしょうぞく》。どこから見ても――。

「お前、忍びか」

「………」

左近が一瞬だけ放った気迫に押され、お菊の身体が硬直した。

「まあ、それはよいとして、なぜおれを殺そうとしたのだ」

「お前さえいなければ、昨夜ですべてが終わっていたんだ。姉さんも、安心してあの世に行けたものを……お前が邪魔さえしなければ、親の仇《かたき》が取れたのに、この野郎！」

殴りかかるお菊の腕を取り、押さえつけた。

「大工の棟梁を仇と呼ぶはどういうことか。わけを話してはくれぬか」

「それは、わたしが話しましょう」

戻らぬ妹を案じて来たのであろう。青い顔をしたお幸が、ふらつく足取りで現れた。

「姉さん」

「起きたら身体に毒だ。さ、部屋に戻ろう」

左近はお菊を放し、お幸を抱き上げた。もういかほどにも力が残っていないお幸は、左近の腕の中で弱々しく言った。

「わたしたち姉妹は、信濃飯田藩《しなのいいだはん》ご城下で材木問屋を営んでいた山本宗右衛門《やまもとそうえもん》の娘です。ある日、父は同業者の寄り合いに出かけたのですが、その帰り道、何者かに襲われて斬り殺されました。わたしはその時、父を近くまで迎えに行っていて、目の前で父が殺されるところを見たのです。背中の傷は、その時に……」

無情な下手人《げしゅにん》に深い傷を負わされたお幸は、運よく通りかかった医者に発見され、一命を取り留《と》めていた。

「ではお幸さん、下手人の顔を覚えていたのか」

「いいえ」

「ならばなぜ、棟梁が仇だと」

「叔父《おじ》が教えてくれました」

布団に寝かされたお幸は、遠い記憶を辿《たど》るように天井を見つめている。

「父が殺されたあと、わたしたちは義母と暮らしていました。母の顔を知らないものですから、わたしたちはほんとうの母のように慕《した》い、また義母も、ほんとうの娘のように接してくれました。父が生きていた時のようにはまいりませんが、義母は細々《ほそぼそ》と商《あきな》いを続け、わたしたちを育てようとしてくれたのです。そんなある日、江戸で商いをしている叔父が現れて、下手人がわかったと、わたしたち二人だけにこっそり教えてくれたのです」

「なぜ、二人だけに」

「仇を討つ気があるなら、援助をすると」

「ほう、仇をな」

「この話を義母が聞けば反対するに決まっていますから、叔父はわたしたちだけに言ったのです」

「仇を討つなど、幼い姉妹にはちと酷な話だ。実の親子でなくとも、反対するのは当然。お上にまかせようとは思わなかったのか」

「お役人は、物取りの仕業《しわざ》と軽んじて、早々に調べを終えてしまっていると、叔父から聞きました。人を殺しておいて、普通に暮らしている下手人が許せませんでした。ですから、わたしは叔父の言うとおりにして、父の仇を討つことを決意したのです」

お幸十五歳、お菊が十三歳の春のことである。

娘が大の男を相手に仇を取るには、特殊な技がいると叔父に言われ、信濃を旅していた軽業師に預けられた。二年も辛抱《しんぼう》すれば技が身につくと言われて弟子入りしたのだが、お幸とお菊にとって、その暮らしは地獄だった。

軽業師の歳蔵《さいぞう》は姉妹に厳しく当たり、それこそ、血を吐くような修行が続いた。

姉のお幸にいたっては、まだ軽業ができぬ頃、旅先の見世物小屋の奥で、銭を払う男の相手をさせられたこともある。

二年が過ぎ、五年が過ぎて、ようやく技を覚えた時には、十年が過ぎていた。

江戸に来たのが半月前、叔父に会い、父を殺した憎き下手人の名前と住処《すみか》を教えてもらい、狙っていたのだ。

「それが、大工の棟梁仁助だと」

「はい」

左近は納得がいかなかった。

先ほどから話を聞いていた康庵和尚も、目を閉じ、心苦しげに眉間に皺を寄せている。

「では、生田屋を殺したのも、お前たちか」

「そのような者は知りません」

布団に横になったままのお幸は、まっすぐ天井を見上げて言った。

「わたしたちは江戸に来てから毎日、仁助をいつ殺すか、そればかりを考えていました。でも、もうよいのです」

「姉さん、何を言うの」

「よいのですよ、お菊。新見様のおかげで、お前が人殺しにならなくてほっとしているのですから」

「わたしはいや！」

お菊は強い決意で言った。悲しげな目からは、涙があふれて止まらない。

「ここであきらめたら、なんのために今まで苦労してきたのかわからないじゃない」

「父さんだって、仇討《あだう》ちなんて望んではいないはず。きっと、お菊が幸せになってくれることを願っているわ」

「それは、お幸さんとて同じことだ」

左近が言うと、お幸は優しい笑みを浮かべた。

「わたしはもう、死ぬのですから。でも、こうしてお菊と共に生きてこられたのですから、幸せでした」

「姉さん何を言うの」

　お幸は優しい笑みを浮かべていたが、薬が効いたらしく、すうっと瞼を閉じて眠りに就《つ》いた。

「しかし、腕がよいと江戸で評判のあの仁助が、人殺しとはな。人は見かけによらぬとは申せ、ううむ、拙僧にはとうてい、考えられぬ」

　康庵和尚が歯切れの悪い口調で言い、その場を立ち去った。

「お菊さん」

　お菊は黙って、うな垂れている。左近は構わず続けた。

「江戸の叔父と申す人物は、どこにおられる」

「そんなこと聞いて、どうするつもりなのさ」

「いや、どうするもないのだが、ちと気になったのでな。他人《ひと》ごとに深入りしすぎるのは、おれの悪い癖なのだ」

「確かに、お節介焼《せつかいや》きだよ、あんたは」

　ふて腐れた物言いをして、お菊は顔を上げた。

「しかしな、お菊さん。お前が斬ろうとした大工の棟梁な、あの男、江戸から出たことがないんだ」

左近は、いつだったか権八がそのようなことを言っていたのを思い出していた。

――仁助の親方ぁよ、普請場《ふしんば》じゃ偉そうにしてっけど、伊勢参《いせまい》りにも行ったことがねぇんだぜ。江戸から出たことがねぇの、あはは。

権八は仕事のことで叱られた日は、決まってこの台詞《せりふ》を言い、伊勢参りをしたことがある自分をなぐさめている。

「叔父さんが、嘘を言っているというのかい」

「いいや、そうではない。人違いをしているかもしれないのだ」

「そんなこと、あるもんか」

それでも、お菊の目は不安げに泳いでいた。

「もう一度、確かめてみてはどうだ。仁助を連れて、おれも共に行ってもよいぞ。間違いなければ、その場で仇を討たせてやろう」

お菊が瞠目した。

「あんた……いったい何者だよ」

「ただの浪人だ」

「ふん、だったら放っといておくれ。だいいち、あんたみたいな浪人者が、店に入れてもらえやしないよ」

「ほおう、そんなに凄いのか、叔父さんは」

「凄いも何も、今じゃ江戸一番の材木問屋さ。木曾屋籐兵衛《とうべえ》と言やあ、知らない者はいないだろうさ」

お菊が勝ち誇《ほこ》ったように言うが、

「知らぬ」

と答えたものだから、お菊は目を見張った。

新見左近こと徳川綱豊、ほんとうに知らないのである。

四

「ああ、木曾屋さんなら知ってるぜ」

「権八殿、ほんとうか」

ぷっと吹き出したのは、横にいたお琴だ。

今日も江戸はよい天気である。

三島屋の座敷を修理している権八は、庭に置いた床材の上に腰かけ、お琴が出した菓子を食いながら一休みしていた。

「お琴、何がおもしろいのだ」

「だって、左近様が」

「おうよ、今をときめく大金持ちの木曾屋を知らねえとは、おめえさんも気楽なもんだ。まるでどこぞの殿様みてえだな」

権八は呆《あき》れ顔である。

図星だけに、左近は胸の内で苦笑した。

「そんなに凄いのか」

「そりゃそうさ、なんつったって今じゃ、江戸に集まる木材の半分以上を扱っているってえ話だ」

「ふうん」

「それだけじゃねえ、お城の大がかりな普請に使う、公儀御用木《ごようぼく》を扱うようになるらしいからよ。身代《しんだい》はもっともっと大きくなるぜ」

「権八殿、そのようなことをよく知っているな」

「へへん」

「お前さん、親方の受け売りで偉そうにしてんじゃないよ」

お茶の盆を持ってきたおよねがぴしゃりと言った。

「親方のお役目を取り消した奴を褒《ほ》めてどうすんだい」

「おい、かかあ、すんだことをいつまでもがたがた言ってんじゃねえ。こうして仕事もいただけたんだからよ。さあ仕事仕事」

権八は、ぺっと手のひらに唾《つば》をつけて、のこぎりを引きはじめた。

左近は木曾屋のことが気になったので、大工の棟梁ならもう少し詳しいことを知っているだろうと思い、神田にある仁助の家を訪ねた。

「おお、これは新見様、ちょうどよかった。今から昨夜のお礼にうかがおうとしていたところで」

「そのようなことは気にせずともよい」

「それじゃあ、あっしの気が治《おさ》まらねえ。どうか、これを受け取っておくんなせえ」

座敷に座る左近の膝下《ひざもと》に、袱紗包《ふくさづつ》みが差し出された。

「棟梁、これは受け取れぬよ」

そのまま押し返した。手の感触では、中身は小判が五枚。いくら大工の棟梁とて、決して少ない金額ではない。

「いいえ、これは受け取っていただかないと」

「金はよい。そのかわり、今日はちと訊きたいことがあってまいった。それを礼としていただこうかな」

「まいったなこりゃ。で、いったい、なんでございやしょう」

「うん、木曾屋籐兵衛という男なのだが……どのような人物だ」

「木曾屋？」

とぼけた口調だが、顔色が変わった。

「よく知りやせんが、どうなすったんで」

「木曾屋に城のお役をはずされたと聞いたのだが、何かわけがあるのか」

「権八の野郎、あれほどよそ様に言うなと言っておいたのに」

「詳しいことは聞いておらぬぞ。ただ、おぬしが命を狙われたことと、何か関わりがあるような気がするのだ」

「え？　じゃあ夕べのあれは、木曾屋の仕業だと？」

左近がお幸から聞いた話を打ち明けると、仁助は目を丸くした。

「と、とんでもねえ人違いだ。なんでおれが人殺しなんか……でえいち、信濃なんざ行ったこともねえのに」

「では棟梁、木曾屋に人違いをわかってもらえれば、またお役目をもらえるのではないか」

「いえ、これればかりは、どうしようもありませんや。普請奉行《ふしんぶぎょう》のお達しとあっちゃ、あきらめるしかござんせん」

「棟梁……はずされたのは、なんのお役目だったのだ」

「お城の壁の修理ですよ。生田屋さんが材木を扱うことになっていたんで、その縁で役目をいただいたようなものです。それがあんなことになっちまって……」

仁助は洟《はな》をすすり、黙り込んでしまった。

「御用木材の問屋が木曾屋に変わったから、役を降ろされたんだな」

仁助はこくりとうなずいた。

左近が問う。

「親方の替わりは、誰が引き受けた」

「さあ、そこまでは。誰だか知りやせんが、おれは今回、役をはずれてむしろよかったと思っているんですぜ」

「ほう、それはまたどうしてだ」

「よそ様のことは、あんまり悪く言いたくはないんですがね。木曾屋は、よい噂《うわさ》を聞いたためしがねえもんですから」

「ふうん。それは、どのような噂だ」

「奴が寄り合いでつまらねえことをつべこべぬかして揉《も》めごとを起こしていなけりゃ、生田屋の旦那が辻斬りなんぞに出くわさなくてすんだんだ」

仁助によると、生田屋が斬られた日、木曾屋は同業者の寄り合いの席で、他の店の者と揉めたらしい。深川《ふかがわ》の材木置き場に空き地があるなら遊ばせておかず、置き場に困っている者に格安で土地を貸せと言ったのが原因だとか。

まだ日が残る暮れ時に終わる予定の寄り合いが、揉めに揉めて、夜の四つ（午後十時頃）までかかったらしい。

結局、木曾屋は生田屋に広大な土地を格安で借りることを承諾させ、機嫌よく帰ったとか。日頃から何かと強引なところがあるので、木曾屋は同業者から嫌われているらしいのだ。

仁助の家を出た左近は、谷中の坂道をのぼりながら考えていた。生田屋が殺されたことといい、仁助がお菊に斬られそうになったことといい、どうも裏で木曾屋が動いているような気がしてならない。

仁助が言うには、生田屋だけでなく、これまでも、材木問屋が二人死んでいた。一人は酔って堀川に落ち、もう一人は生田屋と同じで辻斬りに殺されている。

「たたけば、埃《ほこり》が出てきそうだな」

左近の眼光が、にわかに鋭くなった。

この日、お菊は、お幸の薬代を用立ててもらうために木曾屋を訪れた。番頭は大事な客が来ていると告げたが、お菊は待つと言って座敷へ上がった。木曾屋がお菊に仇を取らせようとしていることを知っていた番頭は、困りながらもお菊を追い返すことはせず、女中に相手を申しつけて仕事に戻った。

仁助がほんとうに仇なのか確かめるつもりでいるお菊は、女中が出した茶菓子にも手をつけず、毅然《きぜん》とした態度で座敷に正座している。

半刻（約一時間）ほどすると、廊下《ゆか》に現れた手代の助蔵《すけぞう》があいさつをして通り過ぎ、あとから女中たちが忙しく行き交いはじめた。手には酒肴《しゅこう》を置いた膳《ぜん》を持っており、どうやら酒盛りがはじまったらしい。

お菊は、さらに半刻待っていたのだが、ついに痺《しび》れを切らし、一人の女中を呼び止めた。そして自分が持っていくと言い、半ば強引に銚子《ちょうし》を載せた盆を奪ったのだ。

十年ぶりに顔を見せた時、叔父の籐兵衛は、最初は狐《きつね》につままれたような顔をして驚いた。だが、すぐに温かく迎えてくれたのだ。

少々の無礼は許してくれるだろうと思い、話し声がする部屋の襖を開けようと手を伸ばしたが、中から聞こえる話の内容に、お菊は身を硬直させた。

「木曾屋、いつになったら仁助を始末するのだ。ご公儀に新たな動きがある。早ういたせ」

「思わぬ邪魔が入ったようで、近いうちに必ず」

「して、例の姉妹は、今どうしておる」

「谷中の上正寺に寄宿しております。姉のほうは重い病にかかっておるようで、先は短いとか」

「幼き頃の苦労が祟《たた》ったのであろう。身代欲しさに兄を殺し、幼い姉妹を騙《だま》して旅の芸人に売り飛ばすとは、おぬしも酷な男よのう」

「何を言われますやら、増田《ますだ》様。あの話を持ちかけられましたは、あなた様にございますよ」

「ふふ、ふふふ、そうであったかのう」

「はい。まあしかし、おかげさまをもちまして、このようなお礼ができる財力を手に入れられました」

包金《つつみがね》が積まれた盆を差し出す籐兵衛の姿が、襖のわずかな隙間《すきま》から見えた。

かぎ鼻の横顔を下に向け、唇に薄笑いを浮かべている。

(相手が誰なのか)

お菊は気配を消して、さらに近づいた。

「して、木曾屋。あの姉妹をいかがするつもりじゃ」

「はい、仁助を始末させたら、その場で殺し、これまでの辻斬りの罪を被せるつもりです」

「何、またあの姉妹にやらせるのか」

不安げに言う増田に、籐兵衛は酒をすすめた。

「心配はございませぬ。十年前に売り飛ばした歳蔵めがいらぬことをしてくれたおかげで、見事な忍び技を使うようになっておりましてな。次は必ず仕留めてくれますよ」

籐兵衛はお幸とお菊を旅の軽業師に格安の値で売り飛ばす時、銭を余分に払い、遠く離れた適当な場所で殺すよう依頼していた。ところが、姉妹を買い取った老座長の歳蔵は、姉妹を殺さなかった。それどころか、忍術を仕込み、女には厳しいこの世を生きていくための術《すべ》をたたき込んだのだ。

その話を初めて聞いた増田は、口に運びかけた杯の手を止めていた。

「今、歳蔵と申したか」

「はい……」

「………」

「……それが、何か」

「金で人を殺す忍び崩れの集団がいると聞く。その頭領の名が、確か歳蔵と申したはず。十年前、宗右衛門を殺すためにおぬしに紹介した刺客も、元は歳蔵の弟子だ」

「なんと、助蔵がでございますか」

「うむ、おぬしの話がまことなら、仁助を殺すのは容易《たやす》いことであったろうに」

「見張っていた助蔵が申しますには、浪人者の邪魔が入ったと」

「ええい、言いわけは聞かぬ」

「ははあ」

両手をつく籐兵衛を苛立《いらだ》たしげに見下ろした増田は、酒を飲む気も失《う》せたのか、杯を膳の上に放り投げた。

「仁助の暗殺を小娘なんぞにまかせず、生田屋と他の者同様、助蔵にやらせておけば、ことは終わっていたものを」

口惜《くちお》しげに言う増田に、籐兵衛は青い顔を上げた。

「その申されよう……まさか」

「まだわしのところまでは正式な打診が来ておらぬが、噂によれば、城の壁の修復を仁助にさせるという話が出ているそうだ。おそらく、仁助の腕のよさを買っている若年寄《わかどしより》の松平美濃守《みののかみ》あたりが推挙しておるのであろう。木曾屋、ご公儀には四万両の普請の見積もりを出したばかりだ。もし仁助が選ばれたら、生田屋が出していた材木の費用とくらべられ、一万両の上乗せがあることに気づかれるぞ。このことがご公儀に知れたらどうなるか……言わずともわかっておろう」

籐兵衛はごくりと喉《のど》を鳴らした。

「も、もちろんにございます。こうなったら助蔵に命じて、今夜にでも仁助を始末させます」

「あの姉妹も始末しろ。この先、面倒なことになりかねぬからの。災《わざわ》いの芽《め》は早めに摘《つ》んでおけ」

「かしこまりました」

話を聞いていたお菊は、背後に殺気を感じて背を返し、目を見張った。暮れ時の薄暗い廊下に、全身黒ずくめの不気味な人影が立っていたからだ。

「立ち聞きはいけませんね、お菊さん」

異様な殺気を放つ男の声には、聞き覚えがあった。先ほどまで明るい顔で仕事をしていた、手代の助蔵だ。

「うるさいよ、なんの騒ぎだい」

騒ぎに気づいた籐兵衛が襖を開けた。

「おや、お前、そこで何を」

「けだもの！」

お菊が罵《ののし》ると、たちまちのうちに籐兵衛の人相が変わった。

「さてはお菊、今の話を聞いたんだね」

お菊は小刀を抜き、身構えた。

「父の仇、死ね！」

素早く切っ先を籐兵衛に向け、音もなく突きに出た。が、すんでのところで助蔵が放った鎖《くさり》に首を巻き取られ、お菊は動きを封じられた。背後には、覆面を取り、薄笑いを浮かべた助蔵がいる。

「う、うう」

抗えば鎖が食い込み、息ができなくなる。お菊は咄嗟の判断で、引き寄せられる力を利用して助蔵に当て身を入れた。

思わぬ動きに助蔵が怯《ひる》み、一瞬だけ力が弱まった。その隙に、お菊は鎖をはずした。

「ふん、少しはやるのう」

助蔵は鎖を捨て刀を抜き、薄笑いを浮かべながら、

「やはり、これがええ」

と言って、腰を落として構えた。

この男、剣には相当な自信があるらしい。

だがそれは、同じ師に育てられたお菊とて同じこと。小刀を背に隠すように構え、攻撃に出た。

鋼《はがね》と鋼がかち合う音が響き、下から斬り上げたお菊の刃が刀で受け止められた。ぎりぎりと刃を擦《す》り合わせる力くらべとなれば、細身のお菊は分《ぶ》が悪い。

薄笑いを浮かべて刃を首に押し込もうとする助蔵に対し、お菊は歯を食いしばって抗ったのだが、次第に押されはじめた。たまらず身を横にそらして一旦離れ

ようとした時、その隙を突かれて小手を斬られた。

したたる血が小刀の柄を濡らし、ぬるりと滑る。それでも、お菊は腰を落として力を溜め、一気に突いた。

「うッ」

技量は、助蔵のほうが数段上であった。するりと身をかわされると同時に、手《しゅ》刀《とう》で後頭部を強打されたお菊は気を失い、膝から崩れるように倒れ伏した。

「木曾屋、わしは帰る。あとはまかせたぞ」

しころ頭巾で顔を隠した増田が、悠然《ゆうぜん》と立ち去った。

陰気な目をお菊に向けた籐兵衛は、抜かりのない笑みを浮かべる。

「こちらから行く手間が省《はぶ》けたよ、お菊。しかし、すぐに殺すのは惜しい。お、よいことを思いついた……助蔵」

「はい」

「この娘をお前にやろう。好きにするがいい。ただし、その前にお幸と仁助を殺せ」

「では、まずは女のほうから」

同じ師に学んだ者を倒すとあって血が騒ぐのか、それとも歳蔵に恨《うら》みを抱いているのか、助蔵は不気味な笑みを浮かべ、籐兵衛の前から姿を消した。

暮れ時にぼろ屋敷に帰った左近は、夕餉の支度をする気になれず、お琴から譲り受けていた糠床《ぬかどこ》から茄子《なす》を出して、それを肴《さかな》に酒を飲むことにした。鉄瓶《てつびん》が囲炉裏の炭に炙《あぶ》られて、ぴんぴんと音を出している。頃合いを見てちろりを上げ、人肌にぬくもった酒を口に含んだ。空きっ腹に酒が染み、胃《い》の腑《ふ》がぐぐっと熱くなる。

お琴の糠漬《ぬかづ》けは絶品だ。米が食いたくなったが釜《かま》は空っぽなので、酒で我慢した。

もう一合つけようかと思っていると、玄関の戸をたたく者がいた。訪《おとな》う声は子供のようだが、日が暮れてから我が家に人が来るとは珍しい。腰を上げて玄関に出ると、上正寺の小坊主が息を切らせて立っていた。

「どうした、お幸さんに何かあったのか」

「いえ、お幸さんではなくお菊さんです」

「まあ落ち着いて話せ、お菊さんがどうした」

小坊主は言うのも聞かず、早口でまくし立てた。

「お菊さんは昼前に、薬のお金を用立ててもらいにご親戚の木曾屋様のところへ出かけられたのですが、未《いま》だ戻られず。心配していましたところへ、ちょうど西川東洋先生が往診《おうしん》にまいられ、新見様にお知らせするようにと」

言い終えると、大きな息を二、三度した。

「わかった。すぐに支度して行くから先に戻っていなさい」

小坊主は返事もしないで背を返して走り去った。

急いで支度をすませた左近が上正寺に行くと、息を荒くしたお幸が、皆が止めるのも聞かずに外へ這《は》い出たところだった。

「おお、新見様、助けてくだされ」

東洋は困り果てた様子で眉毛を下げて言う。

「今無理をすれば死ぬと言うても聞きませんのじゃ」

「どうせ、死ぬのですから。お菊のところへ行かせてください」

左近が止めた。

「お幸さん、無理をしたらだめだ。木曾屋にはおれが迎えに行くから、さ、中へ入りなさい。ひどく慌てているが、お菊さんは金を借りに行ったのではないのか」

「それだけではないのです」

お菊は、父親を殺した下手人が仁助に間違いないか、もう一度確かめると言って出たらしかった。

抗うお幸を抱き上げて、中へ入ろうとした時だ。左近は背後に殺気を感じて、

「東洋先生、お幸さんを奥へ」

ゆっくり下ろすと、安綱の鯉口《こいぐち》を切った。

「さ、こちらへ」

お幸は左近のただならぬ様子に気づき、東洋の声に素直に従った。和尚と小坊主は本堂の床の上にたたずみ、門の前に立つ不気味な訪問者を見ていた。

全身黒ずくめの者は、伊賀袴《いがばかま》に頭巾で顔を隠した忍者姿をしている。

「お菊か」

左近の問いには答えず、黙って背中の刀を抜き放った。と思うや、音もなく風のように走り、左近めがけて突き進んでくる。

鯉口を切った安綱に手をかけたまま、左近も走った。互いが交差し、剣と剣がぶつかる凄《すさ》まじい音が響き、火花が散る。

そのまま走り抜けて立ち止まった。足を開いて腰を低くした左近は、抜き払った安綱を右手ににぎり、切っ先をまっすぐ前方に向けたまま微動だにしない。ま

た、忍者も同じく立ち止まり、ギラリとした目をお幸に向けていた。

が、それはほんの一拍の間だけで、黒目を上に向けて、のめり込むように倒れ伏した。忍者の手ににぎられた刀は、根元あたりで切断されている。

鞘に納められた宝刀安綱が、ちん、と音を立てた時、ぴんと張りつめた空気がゆるんだ。

静かに息を吐いた左近は、倒した忍者の頭巾を取った。お菊ではなかったので安堵《あんど》していると、

「助蔵さん」

お幸が目を見張った。木曾屋の手代だと言う。

「お菊さんが心配だ。お幸さん、木曾屋はどこにある」

左近は場所を聞くと、和尚に風呂敷《ふろしき》を用意させた。

五

「お前さん、ほんとうに大丈夫なんだろうねぇ」

妖艶《ようえん》な声で言い、寝酒の盆に手を伸ばした女は山本宗右衛門の後妻、お妙《たえ》である。女盛りを過ぎようとしているお妙は、白粉《おしろい》を厚めに塗った顔を籐兵衛に近づ

け、念を押した。

「あの姉妹がお上に訴えたら、この身代だって危ういものだよ」

お妙は宗右衛門が死に、姉妹を家から追い出したあと、飯田の店を売り払って江戸の籐兵衛のところにいた。もとより籐兵衛の女だったお妙は、宗右衛門の身代を奪う目的で店に入り込んでいたのだ。実はこれも、ずる賢い増田の指図であり、籐兵衛も知らないことである。

「心配いらないよ。今頃は助蔵がお幸を始末しているだろう。奴が戻れば、お菊も終わりだ」

「なら、いいけどさ」

「ふふ、助蔵の奴、張り切っていたよ。若いおなごより、こちらのほうがよいのにな」

籐兵衛はお妙の着物の裾に手を入れて、凝脂《ぎようし》な太腿《ふともも》をなでた。嬌声《きようせい》をあげて蛇《へび》のようにまとわりつく女に、籐兵衛は魂《たましい》を奪われている。

乳房に顔をうずめる籐兵衛は、腕の中で悶《もだ》えるお妙の上でだらしのない声を出して果てると、力なく仰向《あおむ》けになった。

それを待っていたかのように、障子に蠟燭《ろうそく》の明かりが近づき、

「旦那様」

と、番頭が声をかけた。

「なんだい、こんな刻限に」

「助蔵を届けに来たという者が、表に来ております」

籐兵衛の悪事を知らぬ番頭の声に、布団で横になる二人は顔を見合わせた。

「助蔵は、今夜は戻ってこないよ。追い返しなさい」

「それが、入れぬなら、奉行所に届けると。上正寺から来たと言えばわかるはずだと申しておりますが、いったいなんのことでしょうや」

飛び起きた籐兵衛は、奉公人たちを座敷に近づけぬよう番頭に言い、訪問者を裏から入れるよう命じた。

身なりを整え、かしこまって正座する籐兵衛とお妙の前に姿を見せたのは、安綱を肩に担いだ左近だ。

左近は庭から縁側に歩み寄ると、

「夜更《よふ》けにすまぬな」

と言い、二人に鋭い視線を浴びせた。

「上正寺に寄宿しているお幸さんから預かった物があるのだが」

「お幸がわたしどもに……はて、なんでしょう」

「助蔵と申す男は、こちらの手代だな」

「ええ、そうですが」

「それならば話が早い。これを返すそうだ」

左近は安綱の鞘にくくりつけていた風呂敷包みをはずし、縁側に置いた。

座敷の二人は暗くてよく見えないらしく、眉をひそめて風呂敷に近づいた。

いぶかしげな表情で顔を見合わせたが、籐兵衛が風呂敷を解き、

「ひッ」

「ひゃあ」

現れた生首に、お妙は白目をむいて気絶し、籐兵衛は腰を抜かした。

その籐兵衛の肩を安綱で押さえた左近は、鯉口を切ってみせた。

「お前が助蔵をよこしたのだな」

「な、なんのことやら、わたしにはさっぱり」

「であるか。ならば女に訊こう。おぬしに用はない、覚悟いたせ」

「まま、待ってくれ」

「…………」

「何をしたか知らないが、す、助蔵が勝手にしたことだ」

「たとえ勝手にしたことであろうと、悪事を働いた助蔵がお前の手代であることに違いはない。咎《とが》めを逃れることはできぬぞ」

左近は安綱を引き抜き、白刃《はくじん》を首筋に当てた。

「ひいッ」

「すぐに町方が来る。その前にすべてを話せば、拷問《ごうもん》を受けずにすむよう取り計らってやるがどうじゃ」

「わ、わかった。言う、言うから刀をどけてくれ」

左近は目を大きく見開いて威嚇《いかく》したあとで、ゆっくりと安綱を離した。その時に、すーっと、頬の皮を薄く斬ってやった。

それだけで、がたがた震えだした籐兵衛は、これまでの悪事をすべて白状したのである。

※

この日から十日後に、木曾屋籐兵衛は獄門《ごくもん》となった。己の欲のために兄を殺させ、仕事を奪うために同業者を暗殺した罪は重い。お妙はお白洲《しらす》で白《しら》を切り通そうとしたらしいが、観念した籐兵衛がすべてを白状しているため逃れることはできず、共に獄門を命じられた。

木曾屋が獄門に処された日から二日後、普請奉行、増田阿波守智成《あわのかみともなり》が屋敷で自害した。

南町奉行、宮崎若狭守重成は、今回の事件を裁《さば》くにあたり、普段よりも至極《しごく》強気であったという。木曾屋籐兵衛の口書《くちがき》を添えて、普請奉行の不正を目付役に訴えた書状などは、強気も強気、半ば脅しのようなことまで書かれていたらしい。

これを察知しての、増田の自害である。屋敷からは、数千両の賄賂《わいろ》が出てきたとか。

左近にこのことを知らせたのは、浅草花川戸の三島屋にやってきた同心、宗形次郎である。

座敷で茶菓子を食いながら、浅黒い顔の眉間に皺を寄せ、いぶかしげな目でじっと左近を見て、

「新見殿、木曾屋の悪事を知らせてくれたのはありがたいのだが、あんなお奉行は初めて見た。小坊主に持たせた手紙には、何が書かれていたのだ」

と、探る口調だ。

左近は、とぼけて応じる。

「上正寺に来た曲者《くせもの》が、木曾屋の手代であること。お菊さんが木曾屋に捕らえられて、命を奪われそうだということのみだが」

「ふうん、どうも、信じられんの」

「そう申されても困る」

「いいや、先日亡くなられた田坂兵梧様が新見殿を奉行所にお連れした時といい、今回といい、新見殿に対するお奉行の態度は尋常ではない。もしやおぬし、何かお奉行の弱味でもにぎっておるのか」

「ふふ、そのようなことはない。悪行を働く者を知らせたから、感謝されているのだろう。浪人者のおれにも手厚く接してくださるのは、お奉行様の器《うつわ》の大きさ。宗形さんも、よい上役に恵まれましたな」

「はは、これはどうも」

宗形は照れたように後ろ頭をかいたが、油断のない目をしている。

同心の鋭い嗅覚《きゆうかく》が、新見左近という男に漂う何かを感じているのかもしれない。

さて、あの夜、左近に助けられたお菊はというと、上正寺でお幸の看病をしていたのだが、その甲斐《かい》もなく、お幸は十日ばかりあとに死んだ。最後は苦しまず、安らかに永眠したという。

で、お菊だが、そのまま上正寺にとどまり、両親と姉の供養《くよう》をするらしい。とどまるといっても出家するのではなく、女中として、寺の雑用をしているのだとか。和尚もよく許したものだと思っていたら、お菊は木曾屋の財を、そっくりそのまま寺に納めたらしいのだ。これでは、和尚も断れぬだろう。近く、お菊のために離れを新築するらしい。

和尚に離れの仕事を依頼された大工の棟梁仁助は、お菊の美しさに見とれるばかりで、先日襲ってきた刺客だとはまったく気づいていない。

離れの完成は、城の修復のための普請がはじまる前の、秋の終わり頃だという。

第三話　老剣客

一

暗い夜道を女が歩いている。

本所三笠町《ほんじょみかさちょう》あたりから来たのだろうか、女は南割下水《みなみわりげすい》沿いを大川のほうへ向かっている。

それにしても、様子がおかしい。

齢《よわい》六十二になる木村伝助《きむらでんすけ》は、旗本屋敷の中間《ちゅうげん》を相手に商売をする屋台店の蕎麦《そば》をすすりながら、それとなく女を見ていた。

足下《あしもと》がふらつき、目は呆然《ぼうぜん》と前を見ているだけの女は、着物の胸がはだけているのを気にする様子もなく、ふらりふらりと歩んでいる。

程なくして、女の後ろから人が駆けてくる音がしたかと思うと、三人の侍が現れ、女の両脇を抱えて引き返そうとした。

大声を出して抗《あらが》う女に、侍どもは困り果てた様子だ。

どうやら、知り合いのようだ。

「うるさいんだよう！」

強引に連れ戻そうとした男が、鼻頭《はながしら》を殴られた。

呻《うめ》きながら鼻を押さえたが、指の間から血がにじんでいる。

「おのれ、下手《したて》に出ればいい気になりおって」

派手な羽織《はおり》を着た侍が、怒りを露《あら》わにして刀に手をかけた。

折り目のはっきりした上質の袴《はかま》を穿《は》いている侍は、どこぞの旗本の御曹子《おんぞうし》であろう。

伝助には、そう見えた。

「上等だよ、斬れるもんなら斬ってみな」

女が啖呵《たんか》を切り、胸を張って侍に面と向かったからいけない。

(いかん、斬られる)

伝助は、思わず身体が動いた。

その時である。屋台店の前を黒い影が横切った。

袴姿の若い侍だ。侍は、絡まれた女を救おうと疾風《はやて》のごとく駆けていった。

その異様な気配に、伝助はどんぶりを持ったまま追おうとした。

「待てい！」

若い侍は居丈高《いたけだか》に声を張り上げ、御曹子たちに向かって走ってゆく。

この男の出現で、その場は瞬時にして殺気に覆《おお》われた。

「いかん」

伝助が思わず声を出した刹那《せつな》、女と対峙《たいじ》していた御曹子が、振り向きざまに太刀《たち》を抜き上げ、右肩から袈裟《けさ》懸《が》けに斬り下げた。

しかし、びくんとして棒立ちになったのは、御曹子のほうだ。喉《のど》から気味の悪い声を発したかと思うと、そのまま地面に顔から突っ伏し、ぴくりとも動かない。

若い侍が抜き払った峰打《みねう》ちの一撃で、御曹子は気絶したのだ。

（かなりの遣《つか》い手《て》）

伝助の目は、そう判断した。

女をつかんでいた二人の侍は、刀を抜きはしているが、すっかり腰が引けている。

「去れば命は助けてやる」

若い侍は刀を刃《やいば》に返し、正眼《せいがん》に構えた。

「ちッ、この借りはきっちり返すからな」

鼻血男が捨て台詞《ぜりふ》を吐き、気絶した仲間を引きずって逃げていった。

助けられて気が抜けたのか、女はその場に倒れた。

若い侍が声をかけているが、目をさます気配がない。

仕方なく女を背負い上げた侍に、伝助が歩み寄った。

「いやあ、見事な腕前。拙者、木村伝助と申す。またぞろ奴らが現れたら厄介《やっかい》じゃで、番屋まで手をお貸しいたそう」

「それはありがたい。なれどこの女は、番屋ではなくわたしどもの道場まで連れて帰ります」

どんないわくがあるやもしれぬ者を自宅へ連れ帰るとは、世の中には、物好きな男もいるものだ。

あたりを警戒しながら歩き出した若者は、石原町《いしわらちょう》の道場へ女を連れ帰った。

伝助は、女を背負う若者の警固《けいご》をするつもりで同道した。そして、岩城道場の看板がかけられた屋敷の前まで来ると、立派な門を呆然と見上げていた。

「木村殿、さ、中へ」

潜《くぐ》り戸《ど》を開けて、若者が促《うなが》した。

道場の奥座敷へ女を下ろした若者は、がっしりと広い肩の上に、角張った顔が載っている――と表現したほうがよいか。首がないのではなく、顔の幅ほどに太いのだ。

「申し遅れました。それがし、岩城泰徳と申します」

「岩城殿と申されますと、あの、雪斎先生の」

「父をご存じでしたか」

「いや、知り合いではなく、こちらの名声を存じておるまでで」

伝助は刀をにぎる仕草をしてみせた。

「甲斐無限流がどのような剣なのか、一手ご指南いただきたいと、常々思うておりました」

伝助は親子以上に歳の離れた泰徳に対し、白髪まじりの頭を下げて言う。

その時、女が呻き声をあげた。

「おお、気がついたようですな。気分はどうじゃ」

伝助の声がまるで届いていないらしく、女は不安げな眼差しを天井に向けたまま、がたがたと震えだした。身体は震えているのに、額《ひたい》からは玉のような汗をにじませている。

「あなた、お帰りになられたのですか」

声をかけて開けられた襖《ふすま》から、気の強そうな女が顔をのぞかせた。身なりをきちんと整え、いかにも武家の奥方といった風体《ふうてい》の女は、部屋の中を見て驚き、すぐに厳しい目をした。

「まあ、この人は誰です」

伝助など眼中になく、視線は畳の上で震える女に注がれている。

「いや、だから、その」

たちまちたじたじとなった泰徳を見て、伝助は驚いた。先ほど不逞《ふてい》な侍どもを倒した男とは、別人のように見えたからだ。

泰徳は嫁にしどろもどろに言いわけを並べて、猫のように背を丸めてちょこんと座っている。

しまいには、

「はっきりなさい！」

と一喝《いっかつ》される始末だ。

——いやはやなんとも。

呆《あき》れた伝助は、助け船を出そうと今夜の出来事を話し、夫の剣の素晴らしさ鮮《あざ》やかさを説《と》いたのだが、嫁は黙って聞くだけだ。しかし、泰徳に向けるその目を見た時、

（ああ、なるほど）

と、納得した。

嫁の目は、悪さをした息子を見つめるような、愛情の籠《こ》もったものだった。

またどこぞの野良猫を連れてきてこの子は……と、助けたのは猫ではなく人なのだが、そんな具合に叱《しか》っているのである。

「一晩だけですよ」

ため息まじりにそう言い残して、嫁はその場から立ち去った。そのあとすぐに、下男が湯気の上がる味噌汁《みそしる》を載せた膳《ぜん》を持ってきて、三人の前に並べた。

煮物や、ありがたいことに酒までつけられている。

「先ほどの方は……」

奥方であろうと察していたが、一応訊《き》いてみた。

「無礼をいたしました。妻の滝です」

「いやあ、一見すると恐ろしいが、うらやましい」

「はあ？」

「いや、これは失礼。奥方様は、あなた様を心底好いていなさるように見えましたので」

気づけば、先ほどまで震えていた女が、薄笑いを浮かべて泰徳を見上げていた。

見る間に首筋から血がのぼった泰徳は、顔を真っ赤にしてうつむいた。

夫婦の仲は他人には計り知れぬと言うが、まさにこの二人、互いに愛し愛されているのだろう。

それを見抜くとは、伝助もなかなかの御仁《ごじん》。

親子、いや、孫ほども歳の離れた女が、先ほどから伝助に熱い視線を送っている。

「わしは、金など持っておらぬぞ」

紅《べに》が取れかけた唇《くちびる》を舐《な》めて、すり寄るようにされたものだから、伝助がきっぱりと言い切った。途端に女はふて腐れ、

「ふん、なんだい。せっかくいいことを教えてやろうと思ったのにさ」

と吐き捨て、杯《さかずき》の酒を一気に呷《あお》った。

泰徳が杯を取り上げ、

「もうよさぬか。おぬし、酒毒《しゆどく》に冒《おか》されておるのだろう」

図星をつくと、女の目つきが鋭くなった。

「放っといておくれよ」

「あの男たちに、買われていたのか」

「………」

女は目を横にそらした。

「だったら、どうだってんだよ」

「若いのに、もったいないの」

告げた伝助に、女はきっと目を向けた。

「うるせえじじい」

銚子《ちようし》に手を伸ばしたが、届かぬところへ引かれたので舌打ちをした。

「けち野郎。助けてくれたお礼にいいこと教えてやろうと思ったのに、やめた」

女が膝《ひざ》を立てて立ち上がろうとした時、はだけた着物の裾《すそ》からのぞいた白い腿《もも》の付け根に、牡丹《ぼたん》の彫《ほ》り物《もの》が見えた。

咄嗟《とつさ》に目をそらした泰徳をどう思ったのか、女はにやりと笑い、目の前で着物の裾を大きく開いた。

「どうだい、きれいな牡丹だろう」

「よ、よさぬか」

お滝が去っていった襖のほうを気にして、うろたえる泰徳。

女はますますおもしろがり、胸もはだけてぽろりと乳房を出してみせた。

「わかった。わかったから、着物を直して酒を飲め」

ついに泰徳、降参した。

とんでもない、あばずれである。

伝助は伝助で、ただでよいものを見せてもろうたと喜んでいる。

泰徳がひとつ空咳《からせき》をして問う。

「で、よいこととはなんだ」

「なんのこと」

「だから、先ほどから言っておっただろう」

「ああ、あれ」

酒を飲んで機嫌を直した女は、声を潜《ひそ》めて言った。

「さっきの奴らさ、ああ見えて、旗本の倅《せがれ》なんだよ。助けてもらって言うのもなんだけどさ。あんたら、気をつけたほうがいいよ。特にあんたがやっつけた斉藤《さいとう》和馬《かずま》って男は、蛇《へび》みたいに執念深いからさ」

ぶーっと口に含んでいた酒を噴き出したのは、伝助だ。

「きったない、何やってんだよ、じじい」

「まことか」

「何がだよ」

「あの男が直参《じきさん》旗本、斉藤家の跡取り息子、斉藤和馬なのか」

「あら、思わぬ食いつきね。お知り合いなの」

「ええい、訊いたことに答えぬか。今の話はまことのことか」

「嘘《うそ》ってどうすんだよ、こんなこと」

女はどうでもよさそうに言い、背を向けて酒を飲みはじめた。

泰徳が心配する。

「どうなされた。顔が青いぞ」

「いやあ……」

伝助は黙り込み、酒を口に含んだ。うつむき加減にしている伝助の表情は、他人が踏み込むことを許さぬ、なんとも言えない硬いものであった。

泰徳は伝助の様子を見ていたが、それ以上は訊こうとせずに、黙って杯を口に運んだ。

静かになった座敷の外から、雨音が聞こえてきた。

二

新見左近は、今日もすることがないので浅草花川戸にやってきて、店で接客をするお琴の声を聞きながら、座敷で横になって庭を眺《なが》めていた。

庭に咲く季節の花を眺めていると、こころが落ち着くのだ。

大工の権八が手がけていた仕事は終わり、奥には立派な部屋ができていた。

お琴はその部屋を自由に使えと言うのだが、ここで庭を眺めるほうがよい。

昼餉《ひるげ》はおよねが作った蕎麦を三人で食べて、午後はお琴に付き合って本所に出かけた。

竹町から舟で大川を渡り、石原町の岩城道場の門を潜った。

泰徳の代になり、多くの門人《もんじん》を取るようになった岩城道場は、いつもは稽古《けいこ》の声や木刀が打ち合う音でにぎやかなのだが、今日は珍しく、静まり返っている。

泰徳の嫁のことが苦手なお琴が道場を訪れるのは久しぶりである。雪斎のため

に縫った着物を渡しに来たのだが、

「あら、お休みかしら」

「誰かいるだろう。声をかけてみようか」

話しながら道場の玄関に入ると、草履《ぞうり》がいくつも並べてある。どうやら門人は来ているようだ。

稽古の邪魔になるといけないので、黙って上がることにした。

廊下を奥に進むと、戸を開けはなたれた道場では、二人の男が木刀を構えて向き合っていた。門人たちは、緊迫した空気の中で、立ち合う者を囲むように座って見学している。

ぴりぴりと、肌を刺すような気が伝わってきた。

木刀を構えている者のうち、一人はなんとご隠居の雪斎、相手は、これも年老《お》いた剣客だ。

雪斎は隠居して長らく剣をにぎっていないと、お琴が小声で言い、心配している。

だが、左近は衰《おとろ》えなど感じなかった。木刀をゆらりと構える雪斎は、立ち姿からは想像もできぬほど、凄《すさ》まじい気を放っている。

末席の門人が左近とお琴に気づき、顔を近づけてきた。

「もうずいぶん長いこと、ああされたままなのですよ」

汗で濡れた稽古着が冷たくなるほどのあいだ、二人は木刀を構えたまま動かないらしい。

道場破りかと問うと、そうではないと言う。

雪斎は下段に構え、相手は、八双《はっそう》の構えと正眼の構えを交互に繰り返し、なんとか雪斎を動かそうと挑発している。

並の剣士ならば痺《しび》れを切らし、打ち込んでいる。だが、この老剣客は雪斎の受け身の剣を見抜いているらしく、誘いはすれど、決して打ち込みはしない。

（かなりの遣い手）

左近はそう見ていた。

と、その時、木刀を右手だけで持った雪斎が、いきなり無防備に歩んで前に出た。一気に間合いを詰められた老剣客が瞠目《どうもく》し、慌《あわ》てて木刀を打ち下ろす。

とう！

老剣客が振り下ろす木刀を弾《はじ》き上げ、二人はすれ違った。互いに振り向いた時、

「まいった！」

と、広げた手のひらを前に出したのは老剣客だ。

二《に》の太刀《たち》を打ち込もうとした雪斎に、降参した。

緊迫した空気が一気にゆるみ、和《なご》やかな場で老剣客が笑みを浮かべた。

「いやあ、おそれいりました。甲斐無限流の達人と名高き雪斎先生にご指南賜《たまわ》り、この木村伝助、思い残すことはございませぬ」

「そこもとも相当なる遣い手。流儀は確か……」

「神道一心流《しんとういっしんりゅう》。と申しましても、遠州浜松《えんしゅうはままつ》の田舎《いなか》道場で学んだまがい物にござるよ」

晴れ晴れとした顔で言い、さっさと帰り支度をはじめた。

皆の前で泰徳に頭を下げて一夜の宿の礼を述べると、

「では、これにてごめん」

塗りの剝《は》げた太刀を腰に落として出てきた。

廊下に座る左近とお琴に、

「お待たせいたしましたな」

と言い、にこやかな笑みを浮かべて去っていく。

再開された稽古の声が聞こえる中、奥の間に通された左近とお琴は、泰徳から昨夜の出来事を聞いた。

左近が雪斎に言う。

「あの剣客、立ち合いの最中におれたちが来たことに気づいていたようです」

「うむ。なかなか冷静な剣であった」

雪斎は、久々に来てくれたお琴に着物をもらい、

「これはこれは、嬉しいのう」

と、大喜びである。

お滝がお茶を持ってくると、雪斎は素早く表情を引き締め、先ほどの立ち合いのことに話題を戻した。

嫁に気を使う雪斎に、お琴は不機嫌になった。

血の繫《つな》がりがないお琴のことを、お滝は厭《いと》わしく思っている。

そのことに気づいている雪斎は、気を使っているのだ。

よく思っていない気持ちというものは、黙っていても自然と相手に伝わるもの。といっても、この二人はあからさまだ。

お滝は、三人の男の前にお茶を置く態度とは明らかに違う顔つきで、お琴の前

に茶と菓子を置いた。

「ありがとう」

　とお琴が礼を述べても、何も言わず、無表情でその場を去った。

　いつものことだが、こうして、場がしらけるのである。

「許せ、お琴。あれはああ見えて、心根は優しいのだ。昨夜もな……」

「義兄上《あにうえ》。わかっていますから、あやまらないでくださいよ」

「そうか、それは悪かった」

「ほら、また」

「お琴がめったに顔を見せぬから、いつまでも打ち解けられぬのだ」

　憮然《ぶぜん》と言う泰徳を、お琴は、

「はいはい」

　とあしらい、

「お店が忙しいのよ」

　とごまかした。

　雪斎は、義兄妹《ぎきょうだい》のやりとりにうわの空を決め込み、嬉しそうに着物を触っている。

（そもそも、お琴が厭《いと》わしく思われるのはなぜだ）

左近は前々からそう訊きたいと思っているが、踏み込んではならぬような気がして、聞き出せないでいる。

「左近、久々に手合わせでもせぬか」

泰徳が誘ってきた。

「それは構わぬが……」

二人に葵の剣を見せたことはない。この道場で立ち合いをする時は、富田流《とだりゅう》を騙《かた》って、適当に木刀を合わせている。それはもちろん、剣士としての二人の目と、己の身分をごまかすためだ。

泰徳とひと汗流した左近は、お琴と共に家路についた。

道場の門から出た時、

（おや）

左近は気配に気づいた。確かに、武家屋敷が並ぶ通りの物陰に隠れて、こちらの様子をうかがう者がいた。

さりげなく目をやると、怪《あや》しい人影が三つ、武家屋敷の前にある灯籠《とうろう》の陰に隠れて、こちらの様子をうかがっている。

泰徳が打ちのめした旗本は執念深いらしいが、さっそく、仕返しに来たのだろうか。

左近は注意を払いつつ、素知らぬ顔でその前を通り過ぎた。武家屋敷の角を曲がったところで身を潜め、背後から三人の様子をうかがった。

監視を終えて表に出てきた者どもは、二、三言葉を交《か》わすと、左近たちのほうへ歩き出した。

左近はお琴の腕を引っ張って狭い路地に身を潜めて、三人をやりすごした。

こうなったら正体を確かめてやろうと思いつき、あとを追おうとした。すると、今度はお琴が袖《そで》を引っ張り、

「ねえ、あの人、さっき道場で義父上《ちちうえ》と試合してた人じゃない」

と言う。見れば、確かに木村伝助が歩いていた。だが、様子がおかしい。きりりとした眼光を正面に向けて、三人をつけているふうだ。

「さては、やはりあの者たちが旗本の馬鹿息子か」

よさそうな生地《きじ》の羽織袴をだらしなく着ている三人は、腰には赤い鞘《さや》で揃《そろ》えた長刀を落として、肩で風を切って歩んでいる。

（確かに、ろくな者ではない）

その三人の跡をつけて、伝助は何をするつもりなのだろうか。

「さ、暗くならないうちに行きましょう」

お琴は左近が興味を持ちはじめたと察して、袖を引いた。

これから浅草の料理茶屋松野《まつの》にゆく約束を、道場から出る時にしたばかりだった。

松野は、浅草寺の参拝客《さんぱいきやく》を相手にした新しい料理茶屋で、料理の味もよく、洒落《しやれ》ていた。気兼ねなしに利用できるとあって、若い女たちに大人気らしかった。

お琴は前々から行きたいと言っていたのだが、客はおなごが多いので、左近は気が進まなかった。これまで誘いを断ってばかりいたのだが、先ほど道場を出る時に、お滝のことで浮かない顔をしているお琴を励《はげ》ましてやろうと思い、つい約束してしまったのだ。

「行きましょうよ、左近様」

「いや、今一度道場へ戻り、怪しい者がうろついているとだけ、泰徳殿にお伝えしよう。お琴、そのように頬《ほ》っぺを膨《ふく》らまさなくとも、日暮れまでには戻れるよ。店にも行けるから」

武家屋敷が並ぶ通りには、七つ（午後四時頃）を知らせる時の鐘が聞こえていた。

三

稽古を終えた泰徳は、まだ門人たちがいるうちから、外出をした。

左近が教えてくれたことが、気になって仕方がなかったのだ。

伝助は、三人の跡をつけて何をするつもりなのだろうか。

昨夜、斉藤和馬の名を聞いた時の伝助の様子は、尋常ではなかった。そのあといくらわけを訊いても、にやけてはぐらかすだけで、口にしなかった。しかしその目は、恨《うら》みがある、と言っていた。

それだけに、刃傷《にんじょう》に及ぶのではないかと、心配なのだ。

父の雪斎も認めるほどの腕だから、死ぬことはないだろう。しかし、斉藤和馬は二千石大身《たいしん》旗本の倅。父親の斉藤相馬《そうま》は、幕府のお役を頂戴《ちょうだい》するために何かと噂《うわさ》の絶《た》えぬ者。家臣以外にも、汚れた仕事をさせるために無頼《ぶらい》の徒《と》を雇っていると聞く。一人でことを起こすには、相手が悪い。

南割下水に来た泰徳は、斉藤家の屋敷がある三笠町に向かった。多くの旗本御家人の屋敷が並ぶ中でも、比較的大きいのが斉藤家だ。

日も暮れると人通りが少なく、このあたりは悪事に首を突っ込む貧乏御家人の屋敷も多いので、物騒な場所だ。

今も、目つきの悪い御家人風の男が、やくざ者らしき男を従えて、橋を南に渡っていった。

深川あたりの花街《かがい》で、よからぬことでもしようとくわだてているのかもしれぬ。

が、今はそのようなことはどうでもいい。

泰徳は斉藤家の前を通りながら、耳で中の様子をうかがった。

屋敷は静まり返り、騒ぎが起きているふうではない。

「おや」

背後から声をかけられ、泰徳は背を返した。

「やっぱり、岩城先生だ」

夜道を近づいてくる人影は、腰に大小の他に十手を差している。

「おお、八丁堀の宗形殿か」

宗形は会釈《えしやく》をして歩み寄り、土塀《どべい》を見上げた。

「こんな刻限に珍しいですね。斉藤様に、何かご用ですか」

「うん？」

「いやね、先ほどから屋敷の周りをうろうろされていたものですから」

「うろうろとはなんだ」

「これは失礼。でも、そうでしょう」

宗形は何かを探る目を向けて言った。

「なんのことだ」

「とぼけちゃいけませんよ」

宗形は声を潜め、泰徳を物陰に誘った。

「斉藤の馬鹿息子のことで、ここに来たんでしょう。とんでもねえ穀潰《ごくつぶ》しですからね。今度はいったい、何をやらかしましたか」

泰徳は、昨夜からのことを話して聞かせた。

「たたきのめされたんで。ふふ、こりゃいいや」

宗形は含み笑いをして言う。

「奴には、町の連中も手を焼いていたところでしてね。今の話を聞いたら、いい気味だと大喜びしますよ」

酒屋の代金を踏み倒すのは当たり前。道で気に入ったおなごを見つけりゃ、昼間だろうがお構いなしにちょっかいを出し、どこかに連れ去ってしまう。本所界隈《かいわい》では、それはもうやりたい放題だという。

「奉行所は、それを見ているだけなのか」

「お忘れですか、ご直参の悪さについては目付役の領分ですよ」

「そうであったな」

「目付役には話が行っているはずですが、やることが小さいと見ているのか、動く気配はありませんね」

「それで、何か大きな悪事をやりはしないかと、見張っていたのか」

「ちょっと、小耳に挟んだもので」

宗形は、それ以上は言わなかった。

泰徳が問う。

「いつから見張っていた」

「さて、七つ半（午後五時頃）あたりでしょうかね」

「和馬は屋敷に戻っているのか」

「ええ、今日はもう出てきそうにないので、そろそろ引きあげようかと思っていたところでした。他にも、見張りの目がついていることですし」

宗形の視線の先には、物陰に潜んで斉藤屋敷を見張る影があった。

「浪人風ですが、おそらく公儀隠密《おんみつ》。斉藤家も、これでしまいでしょう」

泰徳は瞠目した。物陰から見張っているのが、伝助だったからだ。

「それじゃ、わたしはこれで」

宗形が通りに出て引きあげてゆくと、どこからともなく三人の男が現れ、あとに続いた。

宗形が雇っている、岡っ引きと密偵たちだ。

伝助は、その者たちには目もくれず、じっと門を見張っている。

泰徳は、伝助が隠密というのは信じられなかった。

思い切って、

「木村さん」

と声をかけると、伝助は大口を開けて驚き、きつく瞼《まぶた》を閉じた。

「ああ、驚いた」

胸を押さえて、

「心の臓が止まるかと思いましたよ」

と言った時には、もう笑みを浮かべている。

「立ちっぱなしでは疲れるでしょう。どうですか、上で一杯」

伝助は、二階がある料理屋の横に身を潜めていた。弥生《やよい》というこの店は、料理屋といっても客の色情に応《こた》える飯盛女《めしもりおんな》がいる。

それを知らずに入った二人は、やたらと色目を使う女の給仕で酒を酌《く》み交《か》わしたのだが、込み入った話ができぬから、泰徳は女に二分金を渡して下がらせた。

「ところで」

と改まり、先ほど宗形が言ったことを訊いてみた。

「それがしが公儀隠密ですと」

きょとんとしたあとで、伝助は苦笑いを浮かべた。

「だったら、どんなによいか」

「違うのですか」

「とんでもない。それがしはただの田舎侍ですよ。いや、侍と言えるかどうかさえ怪しい。遠州浜松藩に名を置いていますが、三十石の貧乏侍です」

「では、江戸藩邸にお住まいか」

「藩邸には、倅が」

伝助は、国許《くにもと》で暮らしているという。

「江戸へは、娘を捜しに来たのですよ」

「娘さんを？」

「はい」

伝助は杯を膳に戻し、斉藤家の門に目を向けた。

「娘は藩邸で行儀見習い奉公をしていたのですが、ひと月前に倅から文《ふみ》が届きましてな。娘が買い物に出たきり、藩邸に戻らないというのです。倅は藩士の方々と共に江戸中を捜したのですが、どうにも見つからない。そんな時、娘をあの屋敷で見たと言う者が現れたのです」

斉藤家の中間長屋で開かれる賭場《とば》に通う伝助の長男の知り合いが、たまたま見たのだという。

「それで昨夜、あの屋台店に」

「はい。名を知っていても、顔も知りませなんだので、見張っていたのです」

相手はご大身の旗本。騒げば藩に迷惑が及ぶと考え、公《おおやけ》には動けぬという。

藩邸に勤める息子にも動くなと言い、国許のお役を返上して、江戸に出てきたのだ。

「あの中に、今もいてくれるとよいのですが……聞けば斉藤和馬という男、このあたりじゃ有名な穀潰しだそうで、心配でなりません」

そう言っていた伝助が、外に誰かを見つけたようだ。

「おっ、あれは昨夜の」

見ると、派手な小袖《こそで》を着た女が歩いていた。名はおきぬ。昨夜助けた、あのあばずれ女だ。

今夜は酔っていないらしく、足取りはしっかりしている。

どこへ行くのか見ていると、なんと斉藤屋敷の門をたたき、開けられた潜り戸から中へ入っていった。

今夜もあの中で商売をするつもりなのか。それにしても、昨日の今日である。

「あの女に訊いてみるのもよいか」

泰徳の提案で、二人はそれから二刻（約四時間）ほど酒を舐めながら、女が出てくるのを待った。

「おきぬが出てきたぞ。一人だ」

弥生を出た泰徳と伝助は、あたりに人がいないのを確認して、ふらふらと川沿いを歩くおきぬの両脇を抱えると、口を押さえて路地裏に連れていった。

両目を見開いていたおきぬは、相手が泰徳と伝助とわかるや、酒臭《くさ》い息を吐いて怒った。

「何すんだよ、このすけべ！」

脇を抱えた時に、胸に手が当たっていたことを言っているのだろう。

「すまぬ。ちと訊きたいことがあったのだ」

「ふん」

おきぬが目を据《す》わらせた。

「あんた、まだ生きてたのかい。そういや、和馬の旦那が、殺してやるって息巻いてたっけ」

「その和馬のことで、木村さんが訊きたいことがあるそうだ」

「あたしに何を訊きたいのか知らないけどさ、ここじゃ言わないよ」

「どこならよいのだ」

伝助は、もう必死である。

「そうだね」

おきぬは笑みを浮かべ、

「お酒が飲めるところなら、どこでも」

と、あっさりと言う。銭をせびらないところが、変わった女だ。

「わかった。では先生、先ほどの店に戻りましょう」

ふたたび弥生に戻り、女連れに機嫌を悪くした女将《おかみ》に幾ばくかの金子《きんす》も渡した伝助は、酒肴《しゅこう》を注文して二階の部屋を求めた。

金を渡されてころりと態度を一変させた女将は、満面の笑みで部屋を用意し、頼んでもいないのに別室に布団まで敷いていた。

襖を閉めた泰徳は、おきぬに酒を注いでやり、

「斉藤家には、よく行くのか」

と話を切り出した。

「ああ、稼がせてもらってるよ」

「ふうん」

泰徳が身体を見ると、

「馬鹿、勘違いすんじゃないよ」

「違うのか」

「こっちだよ、こっち」

おきぬは、壺振《つぼふ》りの真似《まね》をした。

大名の下屋敷や旗本屋敷の中には、柄《がら》の悪い渡り中間どもがやくざの親分と結託し、中間長屋で賭場を開いているところがあった。儲《もう》けの一部が屋敷の上役の懐《ふところ》にも入るものだから、見て見ぬふりをする。普通は、あるじが知らぬところでされていることが多いのだが、この斉藤家は、放蕩《ほうとう》息子が絡んでいるらしい。で、腕のよいおきぬは、賭場を仕切っている親分に、高い給金で雇われているのだとか。

「昨夜の様子と、ずいぶん話が違うようだが」

「ああ、あれ。どうにも壺を振る気になれなくてね、切りのいいところでやめて帰ろうとしていたのさ。そしたら、いつも大金を落としていく大店《おおだな》の若旦那が来たものだから、慌てて連れ戻しに来てさ」

和馬は腹を打擲したうえに大金を儲けそこなったから、泰徳に仕返しをすると言っているのだ。

「それは、悪いことをしたな」

泰徳は、おきぬを助けたことを馬鹿馬鹿しく思いはじめていた。

しかし伝助にとっては、まさに天のご利益《りやく》。

身を乗り出すようにして、おきぬに訊く。

「おきぬ殿、あの屋敷で、十八ほどの若い娘を見なかったか」

「十八ほどの娘……さあ、何人か女中はいるけど、あたしより若いのは見ないね」

「おぬし、歳は」

「二十一さ」

「これまでも見たことはないか。たとえば、ひと月前あたりに」

「ひと月前ならいたよ。でも……」

「……でも、なんじゃ」

おきぬは言いよどみ、ごまかすために酒を含んだ。

「頼む。ことは一刻を争うのだ。教えてくれぬか」

「忘れちまったよ。そんな昔のことは」

伝助はおきぬの肩をがっしりつかみ、

「思い出してくれ。頼む」

拝《おが》むように、必死に頼んだ。

「何するんだよ」

「十八の若い娘だ。見たんだろう」

おきぬはもう上から押さえ込まれ、傍《はた》から見ると、まるで襲われているようである。

泰徳はやっとの思いで伝助を引き剝《は》がし、おきぬをなだめながら、伝助を落ち着かせた。

「この人の娘さんが行《ゆ》き方《かた》知れずなのだ」

「だったらなんだって言うのさ。あたしには関わりないことじゃないか」

「あの屋敷で見たと言う者がおってな。それがひと月前のことなのだ」

「知らないものは、知らないんだよ」

おきぬは立ち上がると、呆然と座る伝助から顔を背《そむ》けるようにして帰っていった。

口では知らないと言い張っているが、おきぬの目は、明らかに動揺していた。

四

朝、目がさめた左近は、布団の中で天井を見つめたまま、何を食べようか考えていた。朝といっても、先ほど四つ（午前十時頃）の鐘を聞いたばかり。

（これから飯を炊《た》いていては昼餉になるな）

と納得して、夜着《よぎ》を蹴り上げて外出の支度をした。

藩邸で暮らしていた時には、許されぬ振る舞いだ。

毎朝六つ（午前六時頃）に、

「殿様、お目覚めを申し上げます」

と、小姓《こしょう》が起こしに来る。

厠《かわや》に行ったあとで洗顔をする。戻ると御髪番《おぐしばん》が待ち構えているので、その者たちの前に座り、月代《さかやき》と髭《ひげ》を剃《そ》らせ、髪を結《ゆ》ってもらう。そのあいだに朝食の膳が出るので、髪結《かみゆ》いの最中にすませ、五つ半（午前九時頃）には政務をはじめる。

不自由はないが、息が詰まりそうな暮らしだ。

──新見の父が今の暮らしぶりを見たら、さぞかし怒るであろうな。

眉毛《まゆげ》を吊り上げた義父《ちち》の顔を思い出すと、

「ふふ」

笑いが出てしまう。

浅草田原町《たわらまち》の一膳飯屋《いちぜんめしや》で昼を兼ねた朝食をとり、左近は花川戸の三島屋に向かった。

お琴が営む小間物屋は、今日も大勢の客でにぎわっている。浅草寺様のおかげだとお琴は言うが、若い女に人気があるのは、それだけではない。流行の先を行く洒落た小物の品揃えと、庶民に合わせた値のつけ方であろう。

とても、元五千石大身旗本三島家の姫とは思えぬほど、商売上手である。

店から入ると商売の邪魔になるので、いつものように裏口から中に入った。

我が家のように勝手に上がり、部屋でごろりと横になると、庭を眺める。すると、まるで待っていたかのように、襖が開けられた。

垢抜《あかぬ》けた装《よそお》いのお琴が笑みを浮かべる。

「ちょうどよかったわ。今呼びに行こうとしていたところなの」

「どうした」

「それが……」

お琴は耳元でささやいた。

襖の陰に、藍色《あいいろ》の着物の膝が見えた。岩城泰徳の妻お滝が、座っているのだ。

店に来るなり、新見様に会わせてくれと頼んだらしい。お琴は子細《しさい》を聞かされていないが、切羽《せっぱ》詰まった様子だという。

「お滝殿、いかがされたのです」

左近がお滝の前に座るや、厳しい目を向けてきた。

「泰徳様が、昨夜からお戻りになりませぬ」

稽古を終えてすぐ出かけたまま、帰ってこないらしい。

「どこに行くと言って出かけたのです」

「何も聞いておりませぬ。いつもの夜廻りにしては、早いと思ったのですが」

泰徳が夜廻りをしていることは知っている。

左近には心当たりがあるので、

「泰徳殿なら心配ないでしょう。あとは、おれにまかせてください。捜してみますから」

と安心させて、お滝を道場まで送った。

その足で南割下水に向かった左近は、川沿いを東に歩み、旗本斉藤家の屋敷あたりまでやってきた。武家屋敷が並ぶこのあたりは、昼間でも人通りが少ない。

斉藤家の様子をうかがいながら、どこを見るでもなく歩いていると、前から一人の子供がやってきた。

前掛けをしているところを見ると、どこぞの店の小僧であろう。

左近とすれ違う前に、急に立ち止まり、

「これ」

と言い、紙を差し出した。

受け取ると、物も言わずに走り去る小僧を見送り、結ばれた紙を解いた。

達筆で書かれた内容を見て、左近は表情を変えることなく袖の中に紙を落とし込み、橋を渡った。

人目があることを警戒して少し大回りをし、弥生に入った。

話が通してあるのか、中年の女将が愛想《あいそ》もなく女中を呼び、二階へ案内するよう命じる。

くたびれた顔を隠すことなく無愛想《ぶあいそう》な女中についていき、二階の部屋に入ると、むさ苦しい男の臭《にお》いが鼻をついた。

高いびきで眠りこけている老人を背にして、岩城泰徳は、少しだけ開けた障子窓から外の様子をうかがっていた。

「まるで、奉行所の見張り所だな」

「おお左近、すまぬ」

「ここで何をしている」

「見てのとおり、おれの命を狙う相手を見張っているのよ」

お前こそ、こんなところで何をしていたと訊かれたので、

「お滝殿が心配されて、お琴殿の店に来られたのだ」

道場は大騒ぎであったと、少し大げさに伝えた。

泰徳は途端にうろたえたが、疲れ果てた様子で眠る木村伝助に目を向け、これまで何があったかを、すべて話した。

「ふうん、それで、一晩中見張っているのか」

「今夜は賭場に潜《もぐ》り込むつもりだったのだが、よく考えてみれば二人とも顔がばれている。どうしたものかと、思案していたところだ」

泰徳の目が、助けを求めていた。

「おれが行ってもよいのだが、博打《ばくち》のやり方を知らぬ」

「今から教えてやる」

「それはいけません」

むくりと起き上がった伝助が、慌てて止めた。

「泰徳殿、これ以上、他人様《ひとさま》に迷惑をかけることはできません。他の手を考えましょう」

「構わぬよ。この男も、おれと同じでお節介《せっかい》が大好きなのだ」

「しかし……」

左近が口を開く。

「話はすべて聞かせてもらった。おれにも手伝わせてくれ」

泰徳が笑って言う。

「ほら、な。相手は二千石の大身旗本だ。二人より三人のほうが心強い」

「はあ……かたじけのうござる」

左近が泰徳に顔を向ける。

「旗本を相手に、戦《いくさ》をするつもりか」

「場合によってはな」

泰徳は、不敵な笑みを浮かべている。

「ふん、おもしろい。まずは、伝助殿の娘がいるかどうかを確かめるのが先だ。して、博打とは、どのようにするのだ」

昔はこの近辺で悪さをした泰徳は、さすがにいろいろな遊びを極めている。いかさまを見抜く方法まで教えてくれた。

夜まで間があるので、左近は一旦弥生を出て、その足で南町奉行所に向かった。同心宗形次郎を呼び出し、斉藤家のことについていろいろ聞き出すつもりである。

宗形は初めは渋っていたが、目付役に幼馴染《おさななじ》みの友がいるから話を通してやるなどと適当なことを言うと、斉藤家にはよほど手を焼いているのだろう、途端に饒舌《じょうぜつ》となり、いろいろなことを教えてくれた。

夜になり、斉藤屋敷に数名の町人が入っていった。賭場が開いたのだ。

泰徳が通りを指差して告げる。

「来たぜ。あの女が、さっき話したおきぬだ」

空色の派手な着物を着たおきぬが、潜り戸の中に消えていくのを待って、左近は弥生を出て斉藤屋敷の門をたたいた。

人相の悪い中間が警戒していたが、一両小判を袖の下へ忍ばせてやると、

「へい、どうぞどうぞ」

元々忠義などない渡り中間、抱き込むのは簡単である。

賭場は、敷地の右手にある中間長屋の一室で開かれていた。中に入り、言われたとおり駒《こま》（木札）を買い求めた。

「これで遊ばせてくれ」

十両を出すと、やくざ風の男がじろりと顔を見上げ、駒を出した。

「ちょいとお待ちを。おい徳治《とくじ》」

「へい」

控えていた案内役に、特等席へご案内しろと命じた。

「旦那、腰の大小を預からせていただきやす」

「うむ」

安綱と脇差を引き抜いた。躊躇《ちゆうちよ》したら怪しまれると教えられていたので、素直に渡す。

通された賭場には、白い布をぴんと張った二畳ほどの長台があり、中央には、着物の片袖を脱ぎ、胸に晒《さらし》を巻いたおきぬが座っている。

まだ勝負ははじまっておらず、左近が座るのを待っているふうだ。

「ちょいとごめんなさいよ。長門屋《ながとや》の旦那、すまねえがこの席はこちらの旦那の物だ」

換金した駒の多さで、初めの席が決まるらしい。

長門屋の旦那と呼ばれた中年男が、憮然とした表情で左近を見上げ、仕方なく場所を譲った。

おきぬの正面に座らされた左近に、他の客が嫉妬《しつと》の目を向けている。

「では、入ります」

おきぬが静かな口調で言い、壺を振った。

伏せられた壺の中には、二つのさいころがある。上を向いている面を組み合わせた数が奇数だと半、偶数なら丁《ちょう》だ。

半だ丁だと、客が思い思いの声を出して駒を前に置いてゆく。

見た限り、丁が多い。

「さあ、半方《はんかた》ないか」

壺振りのおきぬの横で、取り巻きが煽《あお》る。

「半方ないか」

左近は駒を縦《たて》に置いて張った。

「半」

「丁半出揃いました」

「勝負！」

おきぬがさっと片膝を立て、壺を開けた。はだけた着物の裾から凝脂《ぎょうし》な太腿《ふともも》がのぞき、付け根の牡丹の彫り物まで見えた。

客の目がおきぬに釘づけになる中で、手元のさいころの目は、五と六が出ていた。

「五六《ごろく》の半！」

ため息と歓声が入り交《ま》じった。

（まずはご祝儀）

左近に色目を向けたおきぬが、

「旦那、見ない顔だね」

進行役が台の上の駒をさばくあいだに、話しかけてきた。

「ここに来ると、いろいろいい思いができるという噂を聞いたのだ」

「なんのことだろうねぇ」

左近の前に駒が集められた。

「変わった趣向があると聞いたのだが」

「さあ、知らないよ」

「お客さん、そんなものはございやせんよ。ここは真面目な賭場だ」

凄《すご》みを利かせた声で、太った中年の男がとぼけた。身なりはよく、ちんぴらを二人従えている。

場の雰囲気ががらりと変わったのを見て、左近は話を切り出した。

「おお、あんたがここの親分さんかい」

「おおよ」

「だったら話が早い。おれはさるお方からここの噂を聞いて、わざわざやってきたのだ。たとえば、若い女を賭《か》けた大勝負ができるとか……」

その場が静まり返った。

「ど、どこで聞いたか知らねえが、そんなことはしちゃいねえ」

「哲次郎《てつじろう》親分」

「な、なんでい」

「おれはそれを楽しみに来たのだ。できないと言うなら、この姐《ねえ》さんと、さしで勝負をさせてくれないか」

「お客さん」

取り巻きの男が凄みを利かせるが、左近は平然としている。

「おれはこれを全部だ」

持ち駒をすべて前に出すと、哲次郎親分に告げる。

「負けたら、もちろんおとなしく帰る」

「あたしが負けたら、どうする気だい」

「お前をいただいて帰る」

おきぬが目を見張り、哲次郎親分はにやけた。

「おもしれえ。おいおきぬ、受けてやんねえ」

「ちょいと、親分。あたしを他の女と一緒に――」

「うるせえ！」

哲次郎が慌てて言葉を切った。

「やいおきぬ、こちとらおめえにいくら貸してると思ってやがんだ。百両だぜ百両。これぐれえの恩返しはしても、罰《ばち》は当たるめえよ」

「ちッ」

舌打ちをしたおきぬは、徳利《とくり》の酒を一気に飲み干すと、左近を睨《にら》んだ。

「ふん、いっぺん当てたぐらいでなんだい。あたしも舐められたもんだよ」

おきぬは片膝をつき、壺とさいころを持った。

「後悔させてやるから覚悟しな」

鮮やかな手つきで壺を振り、左近の前に下ろした。壺の中で、さいころがからころと音を立てる。

「やい、さんぴん！　先に張りな」

色白の端正《たんせい》な顔に似合わぬ荒れようで、おきぬが凄んだ。

左近はしばらく壺を眺め、手持ちの駒全部と、懐からさらに百両の包金《つつみがね》を出して、上乗せした。

賭場がどっと沸《わ》く中で、

「半だ」

左近は平然と言った。

白い目で睨み上げるおきぬが、

「勝負！」

と気合を入れ、壺を開けた。

一拍の間のあと、賭場がどっとどよめく。

「一二《いちに》の半！」

きれいに並んでいたさいころの目は、一と二が出ていた。

「おっ！　くう」

哲次郎が顔を引きつらせている。

おきぬはさすがに勝負師である。平然と身を引き、着物の袖に手を入れて身なりを整えると、

「どこへでも連れていきな」

立ち上がった。

「親分」

「な、なんでい」

「これは祝儀だ」

左近は哲次郎に手持ちの駒を全部渡し、

「それと、この百両はお前にやる」

包金をおきぬの前に差し出した。

「いいのかい」

伸ばしてきたおきぬの手をかわし、

「親分、おきぬが借金を返すそうだ。文句はあるまいな」

哲次郎の胸に押しつけた。

「ああ、ねえよ。とっとと連れて帰《け》えりな」

屋敷を出ると、すぐに追っ手がついた。

左近は、おきぬを連れて追っ手を振り切ると、深川の料理茶屋朝霧《あさぎり》に入った。

通された二階の部屋で料理を待つあいだに、

「あんたも変わった人だよう。百両も出してくれるなんてさ」

おきぬは足を崩し、裾をはだけてすっかりその気になっている。

「これで、いやな仕事をしなくていいな」

左近は酒を舐めながら、おきぬの太腿に彫られた鮮やかな牡丹を眺めた。

「きれいだろう」

おきぬはさらに股を開き、足を絡めてきた。

「今日から全部、旦那の物だよ」

「ふふ、全部か」

「あい」

「ならば、おきぬ。お前の知っている賭場のことも、全部おれの物だな」

途端に、おきぬの顔色が変わった。寒々と青くなり、

「なんのことだよ」

と言って顔を背けた。

「哲次郎は、何人の女を賭けごとに差し出したのだ」

「知らないよ、そんなの」

「おきぬ。おれはお前を罪に問おうとしているのではない。人を捜しているのだ」

逃げようとしたおきぬの手をつかんで抱き寄せた。胸の中に手を入れて、乳房をつかんだ。

「あっ」

口では強がっているが、今のおきぬは、すっかり観念していた。ぞくっとするような目で、左近を見上げている。

見た目より豊満な乳房を優しく扱い、程よく上向いた赤い蕾《つぼみ》を指で転がしながら、耳元でささやいた。

「これから訊くことに答えてくれたら、今日からお前は自由だ。いいな」

「その前に、お願い。あたしもう、だめだよう」

五

浅草福富町《ふくとみちょう》の哲次郎の家に投げ文があったのは、翌日のことだ。

それには、

――旗本斉藤家の中間長屋で開かれている賭博《とばく》の証拠をつかむため、今宵《こよい》、目付役方が踏み込む。

　達筆で、手入れの計画を知らせる内容が書かれていた。

「若、にわかには信じられませぬが、念のため今宵の賭場は閉めたほうがよろしいかと」

　忠告したのは、哲次郎である。投げ文の内容に驚き、急いで斉藤の屋敷に駆けつけていた。

　若、と呼ばれた斉藤和馬の上座には、父親の相馬が座っている。

　倅の悪事を見て見ぬふりをするどころか、賭場の儲けの一部を哲次郎がよこすものだから、出世のための軍資金に使うなど、大いに役立てているのだ。

「なぁに、心配はいらぬ。今目付の屋敷に手の者を走らせた。動きがあればすぐに知らせが来るゆえ、恐れることはない」

　金の亡者になり下がった相馬は、今夜も賭場を開けと言う。

　だが、哲次郎には、都合が悪いことがもうひとつあった。

「それが実は……」

　言葉を濁《にご》しながら、昨夜のことを報告した。

「何、おきぬを手放しただと」

和馬は腰を浮かせて驚き、

「たわけ！」

と怒鳴った。

「おきぬはいかさま師ぞ。負けるとはどういうことじゃ」

「それが、その、どういうわけか、あっしにもさっぱりで、へい」

哲次郎は大きな背中を丸めて、縮こまっている。

「さては、わざと負けおったな」

相馬が、憎々しげに目を細めて言う。

「女狐《めぎつね》め、逃がしはせぬぞ。おい、哲次郎」

「へい」

「例の秘密が世間に知れると厄介だ。おきぬをここへ連れてこい」

「へい、造作《ぞうさ》もねえことで」

なんと哲次郎は、懐から十手を取り出し、屋敷から出ていった。

足音が聞こえなくなってから、相馬が和馬を呼び、耳元で何やらささやいた。

「よいな。すぐに向かえ」

「はは」

和馬は家臣二人を従え、屋敷を出て木場《きば》に向かった。材木置き場の空き地が目立つこのあたりには、斉藤家の別邸がある。

相馬が公儀の役人に金を渡したり、密約などを取り決める時に使う隠れ家なのだが、なるほど、荒れ地が多い中で目立つことなく、ひっそりとしたたたずまいだ。

しかし、近づくにつれて、それまでの印象が変わってくる。敷地を囲む土塀は高く、門扉《もんぴ》は粗末だが、常時門番が二人立ち、警戒は厳重だ。

土塀の中にも浪人どもが数人いて、鋭い目を光らせている。

そこへやってきた和馬は、家臣二人を次の間に控えさせ、奥の間に向かった。きらびやかな襖を開けはなつと、香の匂いにまじって、女の甘い香りがする。

そこには、十七、八の若い娘が三人ほど囚《とら》われていた。

和馬が商品と称して、江戸市中から攫《さら》ってきた町娘たちだ。中には、どこぞの大名屋敷に奉公する女中もいる。

いきなり攫ってくるのだから、当然騒ぎになる。が、ひと月もすれば奉行所の探索はおざなりになるし、大名家の女中のこととなると、ほとんど表沙汰《おもてざた》になることはない。

初めは藩の者が捜すが、それは一時のことで、まして、闇の取り引きに使われるとなると、見つかる心配はないのである。

怯《おび》えた目を向ける女たちに、和馬は優しく声をかけた。

「お前たち、これまでよう我慢してくれた。見知らぬ男に抱かれるのは、さぞかし辛《つら》かったであろうな」

猿ぐつわをされ、両手を縛られている女たちは、賭場の賭けごとに使われていた。

哲次郎が月に四度ほど、大店のあるじばかりを集めて特別な賭場を開く。そこで賭けられるのは、ここにいる女たちだ。客たちが賭ける金額は、一口五十両。

壺振りのおきぬとさしで勝負し、勝てば女を一晩自由にできる。負けても文句はなしだ。

五十両もあれば、吉原あたりで豪遊できる。だが、そこは和馬が選《よ》りすぐって攫った女たち。男なら誰しも見とれるほどの、それはいい女ばかりなのである。

しかも、男の扱いに慣れた吉原の女郎にくらべ、こちらは羞《は》じらいが残る娘。百両出すから抱かせてくれと、拝む者もいる。

いつだったか、四谷御門前塩町《よつやごもんしおちょう》の豪商竹原屋《たけはらや》のあるじは、おきぬに二百両も巻き上げられたあげく、千両である娘を譲ってくれと、座り込んだ。

今あの娘がどのような暮らしをしているか知らないが、最終的には、千五百両頂戴した。

まさに、やめられぬ商売であるが、しばらく間を空けろと父に命じられては仕方がない。

(殺す前に、たっぷり楽しむとしよう)

和馬は三人の中で一番の上玉に手を伸ばし、有無を言わさず隣の部屋に引きずっていった。

帯を解き、着物の前を開けて上に乗った時、急に表が騒がしくなった。

「おい、なんの騒ぎだ」

「調べてまいります」

別室に控えさせていた家臣が、太刀を持って表に向かった。

程なく戻り、

「哲次郎が手下を引き連れて来ております」

「何、哲次郎だと」

哲次郎は父の命でおきぬのところに行ったはず。

「いったい何をしに来たのだ」

そうしているうちに、廊下をどたどたと走る音がして、哲次郎が部屋に転がり込んだ。

「わ、若様、て、てえへんです」

「いったいどうしたのだ」

「これを、これを見てください」

哲次郎が書状を差し出した。

和馬殿
御父《おんちち》斉藤相馬殿を生きて帰してほしくば、明朝六つ半（午前七時頃）、王子不動之滝《どうのたき》下流の堰堤《えんてい》近くにある廃寺《はいじ》に、浜松藩上屋敷女中木村菊ノ《きくの》を連れてこい。
和馬殿がひと月前にかどわかしたことは明白。約束たがわば、即刻相馬殿の首を落とす。

送り主の名はなかった。

「おのれ、何奴」

「昨夜の侍ですよ」

深川のおきぬの家に踏み込んだ時に、この書き置きを見つけたという。

「すぐ屋敷に戻ってみますと、殿様がいねえんです」

「いないとはどういうことだ。攫われたのではないのか」

「それが、中間が申すには、殿様は一人でお出かけになられたと」

「出先で攫われたか」

「この書き置きにある名前、あの女じゃありやせんか」

和馬は改めて書き置きを見た。そこに書かれた女の名に覚えがあるだけに、動揺は頂点に達した。

「父上は、なぜ一人で出かけたのだ。家の者は何も聞いておらぬのか」

「中間が申しますには、殿様に文が届いたそうで」

「文じゃと」

「へい。若い侍が届けに来たらしいです。すぐに家中の方にお渡ししたところ、しばらくして殿様が出てこられて、供の者も従えずに出かけられたと。どうも、慌てた様子だったそうで」

「その侍とは誰だ。いったい誰が、父上を攫ったのだ」

「ですから、昨夜の侍がどうも怪しいんで。度胸といい、懐の大きさといい、ありゃ普通じゃありやせん」

「浜松藩が、隠密を送ってきたというのか」

「あっしには難しいことはわかりませんがね。やけに色気がある男で、おきぬの奴がその場で惚《ほ》れたとしても、不思議じゃねえ。騙《だま》されたんですよ」

「あの女が、全部しゃべったと申すか」

「家にいませんからね。どこかで拷問《ごうもん》されたんじゃ」

打つ手が見つからず、部屋の中をうろうろするだけの和馬に、哲次郎が恐る恐る言った。

「若、こうなったら、奴らの言うとおりにするしかないんじゃ」

「それができたら苦労せぬわ！　だいいち、返そうにもあの女はもういないではないか」

このことが公儀に知れたら、お家の一大事である。旗本とはいえ、無役の二千石などひとひねりに潰されてしまう。

次の間で控えていた二人の家臣のうち、細身の男が和馬の前に片膝をついた。

「それがしに、よい考えがございます」

狡猾《こうかつ》な表情を浮かべる男に、

「おお、なんじゃ、安城《あんじょう》、申してみよ」

和馬は耳を傾《かたむ》けた。

話を聞き、にやりと笑みを浮かべると、背後で裸にされている女に不気味な目を向けた。

「安城、あとはお前にまかせる。人を集めておけ」

「かしこまりました」

人が下がると、和馬は女の腹に馬乗りとなり、狂気に満ちた目で見下ろした。

六

上野山から北西に向けて延びる細長い台地は、日光連山《にっこうれんざん》と筑波山《つくばさん》、南西に目を転じれば富士山《ふじさん》を望む素晴らしい眺めだ。

王子は、台地を分断する音無川《おとなしがわ》に形成された深い渓谷《けいこく》や、滝や崖《がけ》がいくつもあり、名所として江戸庶民から愛されていた。

その自然の景観に加え、江戸庶民の信仰の場である王子権現《おうじごんげん》や王子稲荷《おうじいなり》があり、よい季節となると、大勢の人々でにぎわうのである。

少しずつ栄えていく王子であるが、その一方で、人々から忘れられていくものもある。

灌漑《かんがい》用水のために作られた堰堤の近くにある寺は、もう何十年も無人のまま放置された荒れ寺だ。

新見左近に教えられたこの場所に、岩城泰徳は、木村伝助と共にいる。奥の柱には、猿ぐつわをされ、髷《まげ》もほつれたまま縛りつけられた斉藤相馬が、絶望の眼差しを床に落としたまま、おとなしくしていた。

泰徳と伝助にしてみれば、不思議なことであった。二千石の大身旗本といえば、屋敷内に大勢の家臣がいる。その屋敷から、左近はいったいどうやって、相馬を攫ってきたのだろうか。

言われた刻限にこの寺で待っていると、相馬を乗せた駕籠《かご》に付き添い、左近がやってきた。そこで、これからの計画を教えられたのだが、それにしても、斉藤相馬の落胆ぶりは尋常ではない。

「いったい、どうやって攫ったのだろうか」

二人は首をかしげた。

訊こうにも、左近は駕籠に乗って江戸市中に引き返しているし、相馬に訊いても何も語らず、このとおりである。

「それよりも」

と、伝助が話題を変えた。

「あの二人、深い仲になり申したな」

酒を舐めながら、そう言う。

「誰が」

「新見様と、牡丹の女ですよ」

言われてみれば、昼間二人と会った時、左近を見上げるおきぬの目は、熱を帯《お》びていたような気がする。警固のために一晩共に過ごしたというが、なるほど、そういうことだったのだ。

「ふ、ふふふ」

（やはり、あいつも男であるな）

泰徳は、なんだか嬉しくなった。

それから一刻（約二時間）が過ぎ、障子が白みはじめた頃、外の空気が一変した。

泰徳もいっぱしの剣客だが、伝助も、相当にできる。

先に気づいたのは、この老剣客だ。

人がよさそうな柔らかい表情が一変し、目つきが鋭くなった。

「来ましたな。しかし、どうやら簡単にはゆかぬようです」

蠟燭《ろうそく》の明かりはとうに消していた。

静かに鯉口《こいぐち》を切った伝助が、抜き身の刀を提《さ》げて障子に近づく。足音もなく、気配も完全に消している。

その姿に、泰徳は息を呑《の》んでいた。道場で父雪斎と木刀を交《まじ》えた時とは、まるで人が違っていたからだ。

ほんの一瞬だけ外の様子をうかがった刹那、伝助は無音の気合と共に、刀を突き刺した。

「ぎゃあぁ」

不気味な断末魔《だんまつま》の声をあげて、侍が障子を突き破って倒れ伏した。

それを合図に障子が破られ、五人の男が突入してきた。抜き身の刀をぎらりと光らせ、裂帛《れっぱく》の気合と共に突進してくる。

伝助に二人向かい、相馬の前にいる泰徳には、三人向かってきた。

いずれも修錬《しゅうれん》を積んだ、必殺の攻撃だ。

三人から同時に突きの剣を出された泰徳は、切っ先が喉元を貫《つらぬ》く寸前のところで腰を落とし、後頭部に相手の刃風《はかぜ》を感じつつ刀を払い、中央の敵の足を切断した。

そのまま当て身を食わせて突き飛ばし、塞《ふさ》がれた前方に突破口を開いた。振り向きざま、背後から袈裟懸けに斬り下ろす右の敵の胴を払い、素早く横に転げて左の敵が突き下ろした刀をかわした。次の太刀を突かれる前に立ち上がり、敵と対峙する。

一連の素早い動きに敵が瞠目し、刀の先に微《かす》かな震えが生じている。

「やめい!」

庭から声がし、敵が素早く刀を引いて下がった。

襷鉢巻《たすきはちま》きで戦支度をした家臣二十名の他に、哲次郎一家のやくざ者が十名ほどいる。その中心に、薄笑いを浮かべた斉藤和馬が立っていた。

「ほう、誰かと思えば岩城道場の倅か。いつぞやは、ようも恥《はじ》をかかせてくれたのう」

「女を不幸にして金儲けをするおぬしでも、恥に思うことがあるのか」

「なんのことを申しておる」

「とぼけるのもいい加減にいたせ。貴様らの悪事は、おきぬから全部聞いているのだ。さあ、木村殿の娘を返してもらおうか」

「約束をたがえると、こ奴の命はないぞ」

伝助が、刀を相馬の首筋に当てた。

「待て。おぬしの娘は、この駕籠の中におる」

和馬が、哲次郎に目顔で合図した。

「おぬしの娘は、さる大店のあるじに買われていたのだが、このたびわしが連れ戻しにまいった時には、このとおり、誤って顔に大きな傷を負ってしまっていたのだ。おぬしの娘に相違《そうい》ないが、自分の目で確かめてみるがよい」

和馬はそう言い、駕籠から離れた。それに合わせて、手下どもも駕籠から離れてゆく。

歩み寄ろうとした伝助に、

「木村さん、罠《わな》だ」

泰徳が言って止めた。

だが、駕籠の中に愛《いと》しげな眼差しを向ける伝助の耳には届かなかった。

泰徳は相馬の首に刀を当て、一歩でも動いたら殺すと、敵を威嚇《いかく》した。

伝助は抜き身の刀を提げたまま、娘に顔を近づけた。血のにじむ晒で、顔は見えない。

かなりの重傷らしく、ぐったりしていて息も弱い。

「菊ノ、菊ノなのか」

声をかけると、微かな反応があった。晒の隙間《すきま》から見える目は、声の方向に向くのだが、焦点《しょうてん》が定まらず、見えているのかどうかもわからない。

伝助は思い切って、晒を解いた。そして、思わず息を呑んだ。

「これは……」

娘の顔は腫《は》れ上がり、目の周りは青黒く変色している。鼻は折れ曲がり、唇も腫れ上がり、歯も何本か折れていた。

「……むごいことを」

「階段から落ちたと申しておった。さあ、約束どおり娘を返したのだ。父上を放してもらおうか」

「岩城先生、そ奴を放してやってくれ」

「しかし……」

「これは娘じゃ。娘に違いない」

言い張る伝助に、泰徳は従うしかなかった。

「ゆけ」

縄を切ってやると、相馬はふらつきながらも、息子のところへ下りていった。

「父上、ご無事で何より」

「和馬、もうしまいじゃ」

相馬は弱々しく言い、へなへなと息子の足下へ倒れ込んだ。

「何を弱気になっておられます、父上」

入れ替わるように、伝助が菊ノを背負って、泰徳のところへ戻ろうとする。

その背中へ不敵な笑みを向けた和馬が、

「こ奴ら全員を消せば、ことはすみますぞ」

と言い、手下に殺害を命じた。

家臣と哲次郎の子分たちが一斉に抜刀《ばっとう》し、伝助に斬りかかろうと走り寄る。

「やめんか、馬鹿者！」

大喝《だいかつ》したのは、それまで生気を失っていた相馬だ。

あるじの声に縮み上がった家臣たちが、何ごとかと顔を見合わせている。

「父上、なぜ止められるのです」

和馬が不服そうな顔を向けると、相馬は恨めしげな目で息子を見上げた。

「お前がこれまでしてきたことは、すでに上様のお耳に入っておる」

「上様に！　馬鹿な、誰に聞いたか知りませぬが、そんなはずはございませんぞ」

「それがあるのだよ。おい、皆の者、刀を納《おさ》めい」

叱って、相馬はひとつ大きな息をし、息子を諭《さと》すように言った。

「わしとお前は、今日より斉藤家とはなんの関わりもない。ただの浪人じゃ」

「な、何を言われるのです」

「家督《かとく》は、次男の評馬《ひようま》に継がせる。このことはすでにご公儀に届けておるゆえ、さよう心得よ」

突然のことで、和馬はひどく動揺した。次男の評馬は、相馬と妾《めかけ》のあいだに生まれた子であり、和馬とは腹違い。しかも、元服《げんぷく》をすませたばかりの十五歳だ。

「なぜそのようなことをなされたのです。この者どもを消せば、なんの証拠も残りませぬのに」

「黙れ。お前がこの哲次郎なんぞにたぶらかされさえしなければ、このようなことにはならなかったのだ」

「殿様、あれほど旨《うま》い汁を吸っておきながら、そりゃないですぜ」

したたかな哲次郎は、すでにこの場から逃げ去る機会を探りはじめている。手下のやくざ者たちは、にわかに殺気立った。

「和馬、木村伝助と尋常に勝負しろ。それが、我が斉藤家を断絶から救う条件じゃ」

「父上、どうされたのですか」

相馬は何も言わず、伝助の前に片膝をついた。

「浜松藩国家老、木村義隆《よしたか》殿にあられますな」

伝助は目を見張って動揺し、ばつが悪そうな顔を泰徳に向けた。

(騙すつもりはなかった)

そう言いたげである。

いらぬことを言いおってと、伝助こと木村義隆は相馬を罵《ののし》った。

「おぬし、どこでそれを聞いたのじゃ」

「さるお方から。それよりも、今腕に抱かれておるのはご息女《そくじょ》にあらず。菊ノ殿は、別のところで生きておられる」

「なんと、それはまことか。ほんとうに、菊ノは生きておるのであろうな」

「はい。しかし、倅めが攫《さろ》うたは事実。そして、この相馬が、出世のためにさるお方にお預け申した。許していただけぬは当然。されど木村殿、このことは浜松藩にとって、いや、木村家にとってもよきことにござる」

「菊ノを預けたのが、我が藩にとってよきこととはどういうことじゃ。誰に預けておる」

「相手の名を出すことだけは、ご容赦《ようしゃ》願いたい。それが、浜松藩のためにもなりましょうぞ」

「そんな戯《ざ》れ言《ごと》など信用できぬ」

「ごもっとも。しかし、ここは信用していただくしかござらぬ」

「いいや、菊ノの顔を見るまでは信用できぬ」

伝助の強い態度に、相馬は言葉に窮《きゅう》した。

「ならば、それがしの命をもって詫《わ》びまする」

誰も止める間もなく、相馬は倅の腰から脇差を抜き、己の腹に突き刺した。

「父上、何をなされます」

「寄るな！」

くぐもった声をあげて腹を割りながら、相馬は血走った目を、伝助に向けた。

「木村殿、どうか、これで、ご信用願いたい。ご息女は、さるお方の側室となられ、今は息災《そくさい》に暮らしておられます」

それだけを言い残し、相馬は果てた。

※

斉藤相馬を改心させたのは、他ならぬ新見左近であった。

おきぬから、相馬が出世のために菊ノを差し出した相手の名を聞き、少々驚いた。その相手とは、幕府老中堀田正俊《ほったまさとし》であったからだ。

左近は密《ひそ》かに家老の新見正信と繋ぎを取り、菊ノの行方を調べさせた。その働きにより、菊ノがたいそう堀田に気に入られ、品川の寮《りよう》で何不自由なき暮らしをしていることがわかった。

おきぬが言う限りでは、菊ノは、攫われたその日に、和馬によって手籠《てご》めにされている。

格式ある藩の国家老の娘であるならば、耐えられぬ仕打ち。押し込められた蔵の中で自害しようとしたところを、おきぬが助けたのである。

それがよかったのか悪かったのか。

女の目から見ても美しい菊ノは、その後すぐに、堀田に差し出されたのだ。隠居したとはいえ、木村も浜松藩の武士だ。相馬にあのような死に方をされた以上、和馬を斬ることをあきらめるしかなかった。

「それにしても、木村殿が可哀そうで、見ておれぬ」

王子の荒れ寺から戻った二日後、お琴の店に現れた泰徳は、左近を恨めしげに見つめて言った。

「菊ノ殿が預けられた相手の名を、言わぬほうがよかったのだろうか」

左近は木村を安心させてやろうと思って、菊ノのことを教えていた。

幕府老中の側室になった菊ノは、名を雪乃《ゆきの》と改めており、斉藤相馬の養女として屋敷に入っていた。菊ノが真実を語らなかったのは、自分の身可愛さではない。斉藤家がどうなろうと知ったことではないが、父、木村義隆にも災《わざわ》いが及ぶと思い、口を閉ざしたのである。

木村は密かに品川の寮に馬を走らせた。水を所望《しよもう》するふりをして屋敷内に入り、遠目に娘の姿を確認したのだが、そこで名乗り出ては娘に危害が及ぶと思い、肩を落として帰ってきたらしい。

「このまま、斉藤家の娘として堀田家にいたほうが幸せだと、木村さんは口ではそう言っているが、今にも大川に飛び込みそうな顔をしておられるよ」

「そうか。で、今はどちらに」

「うん、それがな、このまましばらく逗留《とうりゅう》していただき、様子を見ようと思ったのだが、今朝早く国許へ戻られた。左近にはくれぐれもよろしく伝えてくれと言われたよ」

　木村義隆が菊ノと再会を果たすのは、この日から一年後のことだ。堀田の子を宿《やど》した菊ノが、初めて自分の本名を告げたからである。

　和馬に身を汚《けが》された事実を打ち明けたかどうかは知らぬが、評馬が跡目を継いでいた斉藤家は、父相馬の失態を咎《とが》められ断絶。浪人となりながらも、斉藤家の援助を受けていた和馬は、ひっそりと堀川に浮いた。

　酒に酔って足を滑らせたことになったが、真相は不明のままであった。

第四話　刺客

一

「左近！　おらぬのか」

訪《おとな》う声で目がさめた。

「左近！」

「義父上《ちちうえ》、いかがなされたのです」

玄関の戸を開けるや、息を切らした新見正信が飛び込んできて、左近の胸にしがみついた。

「と、殿、一大事にござる」

「シッ！　声が大きい」

「はっ……」

息をぜいぜい言わせながら、正信が声を殺して言った。

「殿、あいや、左近、とにかく、急いで屋敷に戻れ」

「義父上、なんですか、藪《やぶ》から棒に」

正信は苛立《いらだ》ち、さらに声を小さくした。

「酒井忠清殿と堀田正俊殿が、お目通りを願い出られた」

「大老と老中が？　はて、わたしになんの用があるのです？」

「病気見舞いと申しておるが、本心は違うと見た」

「もしや、世継ぎのことですか」

「わからぬ。探りを入れたところ、どうやら城中では、おぬしの病気の届けが疑われておるようじゃ。甲州様江戸市中にお出まし……と噂《うわさ》する者もいるとか」

とにかく屋敷に戻れと、正信は焦《あせ》りに焦っている。

「いつ来るのです」

「それが、すでに屋敷におる」

「なんと」

抜き打ちで来るとは、大老もやるものだと左近が言うと、正信は目を丸くした。

「感心している場合ではない。仮病《けびょう》がばれたら、堀田殿が黙っておらぬ。これを好機と捉《とら》え、難癖をつけてくるは必定《ひつじょう》」

老中堀田正俊は次期将軍のことで大老酒井忠清と対立している。

堀田は、次期将軍の座に現将軍徳川家綱の弟綱吉を推《お》し、綱吉の人格を疑う酒井は、家綱の甥《おい》である綱豊、つまり新見左近を推している。

両者が揃《そろ》って病気見舞いに来るということは、

「そろそろ世継ぎが決まるか」

呑気《のんき》に言うと、正信がまた目を丸くして怒った。

「他人《ひと》ごとのように言うておる場合ではない」

「しかし義父上、病気が重いとなれば、世継ぎは綱吉様に決まるのでは？　わたしはそのほうがよいのですが」

「それはそうじゃが、とにかく、急いで屋敷へ戻らなくては堀田殿が騒ぎ出す。さ、早う支度を」

左近は仕方なく支度をして、根津の屋敷に向かった。

秘密の穴から屋敷内に入り、床下から寝所に忍び入ると、西川東洋が控えていた。

正信は、医者の診察が終わるまでは会えぬと告げて、大老たちを待たせていた。

のだ。

「おお、先生も呼ばれたのか」

「ささ、急がれませ」

手を借りて、藤色の着物を隠し、用意されていた寝間着に着替えた。

頃合いを見計らい、正信が澄《す》ました顔で大老と老中を案内してきた。

酒井が一段低い畳に座し、頭を下げたままお加減はいかがかなどと、月並みの口上を述べている。

今年四十六の堀田は、起きもしない左近の状態を見て病気を警戒したのか、普段は前に出たがるくせに、今日は酒井の後ろに控えている。

左近は弱々しく手を挙げて、御簾《みす》を上げるよう命じた。

「両名とも大儀。酒井殿、堀田殿、久しぶりじゃのう。顔をよう見せてくれぬか」

いかにも苦しげに咳《せき》をしてみせながら言うと、酒井はすぐさま横に来た。左近が白目をむいているものだから、深刻な顔をして手を取った。

「甲州様、お気をしっかり持たれよ。この爺を置いて逝《ゆ》かれてはなりませぬぞ」

すでに余命幾ばくもないと思い込んでいる。

谷中から走ってきて、分厚い布団に潜《もぐ》ったものだから、額《ひたい》から汗が流れている。これが効いたようだ。堀田などは、袖《そで》で鼻と口を塞《ふさ》いでいた。

「ふ、二人の顔を見られて、よかった。きょ、今日は、余《よ》に、何か伝えに来たのか」

「いや、その」

酒井が口をもごもごとやり、堀田に厳しい目を向けた。

「堀田殿が、甲州様が江戸市中を出歩いておられると申すものですから」

「いやいや」

堀田が慌《あわ》てて口を挟んだ。

「それがしはただ、甲州様を上野で見かけたという噂を確かめたかったまで。もしお元気ならば、これに越したことはないと思い、まかりこしましてございます。もしお元気なれば、次期将軍のことにいたしましても、何とぞご検討をお願い申し上げねばなりませぬし」

「堀田殿、今その話はよいではござらぬか」

酒井がたしなめたが、堀田は聞く耳を持たぬ。

「お世継ぎがおられぬ上様にもしものことがないとは限りませぬ。世の混乱を避けるためにも、早々に次期将軍を決めるべきかと」

「甲州様には、早う元気になっていただかなくてはなりませぬぞ」

さもないと綱吉に決まってしまうと、酒井の目がそう訴えていた。

「この綱豊、将軍職に興味はない。世継ぎのことは、すべて上様におまかせいたす。両名ともさよう心得て、いらぬ争いをして幕政を乱すでないぞ」

齢《よわい》五十六になる老臣酒井は涙ぐみ、野心に燃える堀田は唇《くちびる》を噛《か》んだ。

現四代将軍家綱は左近を可愛がり、血を分けた弟綱吉を嫌っている。将軍自ら世継ぎを決めるとなれば、左近を指名するに違いない。

「綱豊様は快方に向かわれておりますゆえ、ご安心なされませ。されど、これ以上の面会はお身体に障《さわ》ります」

足下《あしもと》に控える西川東洋が頭を下げるものだから、両名は退散するしかない。

甲州様のお言葉しかと上様にお伝えすると言って、酒井はそそくさと帰っていった。そのあとに続く堀田の表情はわからないが、様子をうかがうような、それでいて殺気にも似た気配を、肩衣《かたぎぬ》の背中に浮かべていた。

「わかりやすい奴だ」

左近がぼそりとこぼすと、堀田殿は敵意丸出しですな、と東洋が続いた。

白目をむいた左近が演技をしている時、堀田がほくそ笑んだのを、東洋は見逃さなかったのだ。

「さて、二人は帰ったことだし、お琴のところへでも行くとしよう」

左近の言葉を聞いた正信が、眉《まゆ》をひそめながら口を開く。

「殿、このまま床に臥《ふ》して、たまには家臣どもの顔でも見てやりなされ。大病と思い込んでいる小五郎《こごろう》などは、それはもう落ち込んで、毎日呆《ほう》けたように空ばかり見ておりますぞ」

「そうか……あいつは、幼《おさな》い頃から共に過ごした仲だ。嘘《うそ》だと知ったら怒るだろうな。今夜は泊まって、顔を見せてやるか」

「さようなされませ」

正信が明るい顔で言い、東洋が承知いたしたと、軽く頭を下げた。

小五郎とは、忠義の臣、吉田《よしだ》小五郎のことだ。表向きは小姓となっていて身分は低いが、実態は甲州忍者を束《たば》ねる頭目《とうもく》であり、左近の身を守る警固《けいご》役である。

実父徳川綱重が、新見正信に預けていた左近を世継ぎとして呼び戻した時、三つ上の小五郎を警固役としてつけたのが、二人の出会いである。身分は違えど、以後両名は友と呼ぶ仲になり、今日にいたっている。

その友を騙《だま》して屋敷から出ていることに心苦しさを感じてはいるのだが、小五郎がこのことを知れば、いたるところに手下の忍びを配して左近の身を守ろうとするに違いなく、江戸市中での気ままな暮らしはできなくなる。

それだけは、避けたかった。

初めは世継ぎの争いを避けるために仮病を使ったのだが、暗殺を警戒した正信のすすめで江戸市中に暮らすうちに、すっかりその状況が気に入ってしまっている。もうしばらく、小五郎には内緒にしておこう。

二

その夜、根津の甲府藩上屋敷は静かであった。

いつもは、

「ぼろ着て奉公」

と、屋敷内の森に住み着いた梟《ふくろう》の鳴き声がするのだが、今宵《こよい》は、それさえも聞こえない。

病人の徳川綱豊こと新見左近が眠る奥の休息の間は、襖《ふすま》を固く閉められ、何人《なんぴと》たりとも近づけない。

次の間にも人の気配はなく、奥の間から二つ部屋を隔《へだ》てた廊下に二人の若い小姓が座り、入口を守っている。

「大老の訪問を受け、殿はお疲れである。よいか、誰も奥の間に近づけてはならぬぞ」

と、いつもより厳しい口調で申しつけたのは、新見正信だ。

家臣たちは夕方には仕事を終えて、それぞれの役宅に引っ込んでいる。

江戸城本丸御殿とまではゆかぬが、表、中奥《なかおく》、奥と分けられた御殿屋敷には、警固の者二人の他に、宿直《とのい》の者が数名ほど、詰め部屋に寝ているだけだ。

殿様が病床に就《つ》いて以来、警固の者は奥の間に人の気配を感じたことがない。

――それだけ殿の病状は重く、気力が衰《おとろ》えておられるのだ。

と、家臣のあいだでは、そうなっている。

今宵警固の役に就いている啓蔵《けいぞう》と貴哉《たかなり》は、左近が甲府藩邸に呼び戻された頃から小姓として仕《つか》えている。吉田小五郎のように忍者ではないが、左近にとっては忠義の家臣であり、また、よき友なのだ。

その二人にさえ、左近は江戸市中にくだったことを教えていない。ゆえに、殿様の病気快復を願う啓蔵と貴哉は、今宵は特に気を使い、己の気配をできるだけ殺していた。仲のよい二人だが、一言も言葉を交《か》わさず、夜空に輝く月の下で、石のようにじっとしているのだ。

さらに夜が更《ふ》けた頃、静まり返る御殿の屋根裏に、忍び込む者があった。黒装束《しょうぞく》に身を包み、気配を殺して、埃《ほこり》と蜘蛛《くも》の巣にまみれながら、屋根裏を忍び歩きしている。

目的の位置に辿《たど》り着いた忍びの者は、天井の板に手裏剣を差し込み、音もなくはずした。

下は、明かりひとつない暗闇だ。それでも、夜目が利く忍びの者は、闇の中に目当ての物を見つけ、目を細めた。

座敷の一角に、四方を屛風《びょうぶ》に囲われたところがあり、中には、布団が敷かれている。その中ほどは膨《ふく》らんでおり、人が眠っていることが確認できた。

静かに足下に降りた忍びが、刀を抜き、無言のままに突き下ろした。

が、その刹那《せつな》、忍びの者は目を見開いた。布団を引き剝《は》がしてみると、中は綿《わた》を詰めた木偶《でく》であった。

「なんと……」

仕事をしくじったと舌打ちをした忍びは、あるじにこの事実を伝えるべく、ふたたび天井に跳び上がろうと仰《あお》ぎ見た。

襖が開けはなたれたのはその時だ。

「おのれ曲者《くせもの》！」

声を荒らげたのは、廊下にいた啓蔵と貴哉だ。奥の間に異変を感じ、飛び込んできたのだ。

貴哉が抜刀《ばっとう》して対峙《たいじ》し、啓蔵は応援を呼ぶため廊下に引き返そうとした。

啓蔵が背を返した途端、その背中に手裏剣が打ち込まれた。激痛に顔を歪《ゆが》め、手裏剣を抜こうともがいたが、やがて、苦しそうな息となり、声もなく膝《ひざ》から崩れ落ちた。ほぼ即死であろうか、倒れたまま、ぴくりとも動かない。

「おのれ！」

友を殺された貴哉が、鋭い声を発した。綱豊から拝領《はいりょう》した備前兼光《びぜんかねみつ》を正眼《せいがん》に構えている。

忍びの者は、闇の中で腰を低くして刀を構えている。

押し潰されそうなほどの凄《すさ》まじい殺気が放たれているが、貴哉は怯《ひる》まなかった。

すり足で間合いを詰め、

「とう！」

喉元《のどもと》を狙う突きを繰り出した。

忍びが刀で払い、部屋に刀が擦《す》り合う音が響く。

貴哉は一旦離れ、袈裟《けさ》懸《が》けに斬り下ろすと見せかけて胴を払った。しかし貴哉の剣は相手に見切られ、かすりもしない。それでも攻め続けた。貴哉の剣は、次第に速くなるのが特徴だ。次々と繰り出される技に、忍びもたまらず、受け身の剣を出して刃《やいば》を止めた。闇に火花が散り、互いに離れる。

貴哉が兼光を正眼に構え、渾身《こんしん》の気合を込めて突きを出した。切っ先を見切った忍びが、音もなく跳び退《の》き、腰を低くして構えた。

一瞬で手裏剣が放たれたが、警戒していた貴哉は、難なく刀で弾《はじ》き飛ばした。だが、忍びの者は、その隙《すき》を狙っていた。柄《つか》を右肩に引き寄せて、剣先を相手に向けて構えていた刀を素早く突き込み、刃先で首筋を突き裂いたのだ。

呻《うめ》き声をあげて首を押さえる貴哉に、忍びの者はとどめを刺そうとした。が、廊下に新たな人の気配を感じ、素早く屋根裏から脱出していった。

新見正信は、足下で名を呼ぶ声で目をさました。奥の間で起きたことを知らされ、布団を蹴り上げて飛び起きた。

「なんじゃと、小五郎、それはまことか」

片膝をついて報告を終えた吉田小五郎は、暗闇の中で目を光らせ、鋭い視線を向けた。

「ご家老、この小五郎めにもわかるよう、どういうことかお教えくだされ」

奥の間に駆けつけた小五郎は、二人の警固役が殺されたのはさておき、布団に木偶が仕込んであったのを見て、ことを荒立てず、密《ひそ》かに処置を終えていた。

そのことを伝えたうえで、表情を険しくしている。

利発者《りはつもの》の小五郎は、普段は穏やかであり、屋敷で働く女中が、すれ違っただけで顔を赤らめるほど、鼻筋の通った端正《たんせい》な顔立ちなのだが、今は口をひん曲げて、切れ長の目を厳しくして正信を責め立てている。あるじが狙われたことはもちろん、そこに左近がいなかった事実に、衝撃を受けているのだ。

「誰が狙ったかはわからぬ」

「そのことではありませぬ」

そうであろうなと、正信は頭をかいた。

「殿は……綱豊様はどこにおられるのです」

「まあ、そう怖い顔をするな。これはの、殿をお守りするためなのだ」

「…………」

「なんと申せばよいか、気が動転《どうてん》して、自分でもわからぬわ。とにかく、殿が屋敷におられぬことを、誰にも知られてはならんぞ」

「刺客が逃げております。このままでは、殿のお命が危のうございます」

そうだったと言って、正信はため息をついた。殺された二人は、いずれも剣の腕が立つ。

「相手は複数か」

「おそらく、一人かと」

「ううむ、一人で啓蔵と貴哉を倒すとは、相当な遣《つか》い手《て》じゃな」

「啓蔵殿の背中に手裏剣が残っておりました。傷口の具合から見て、刃先に毒が塗られております」

蠟燭《ろうそく》の明かりにかざされた手裏剣は、甲賀者《こうがもの》が使う物だと言う。

「うむ、奥の間に殿がおられたらと思うと、ぞっとするのう」

首をなでてから、正信は顔を上げた。

「今、甲賀者と申したな」

「……はい」

「徳川に恨《うら》みを持つ甲賀者は大勢おる。次期将軍に殿の名があがっておると知り、命を取りに来たか」

「それは、まことにございますや」

「次期将軍のことか」

「はい」

「現将軍家綱様にはお世継ぎがおられぬ。となれば、東照大権現《とうしょうだいごんげん》様お血筋であられる殿の名があがるは当然じゃ」

「さもありなん」

「だがの、甲賀者が目をつけたとあらば厄介《やっかい》じゃ。殿には当分、江戸市中に身を隠していただくがよかろう。そこで小五郎、毒には毒、忍びには忍びじゃ。よいか、これより江戸市中にくだって、殿をお守りいたせ」

気持ちを落ち着かせた正信は、左近の今の状況を詳しく教えた。

浪人暮らしをしていると聞いただけでも、小五郎は目を丸くし、鼻を鳴らしていたのだが、これまで数々の事件に巻き込まれ、いや積極的に、市中にはびこる悪党どもを成敗してきたことを知り、何やら表情を明るくしている。

「小五郎、殿が危ない一件に首を突っ込まぬよう見張れ。間違《まちご》うても、一緒になって捕り物の真似《まね》をするでないぞ。江戸市中のことは、町奉行所にまかせておけばよいのだからの」

「心得ました」

小五郎は頭を下げたが、正信は疑いの目を向けている。

「しかし、啓蔵と貴哉のことは残念であったの。あの者たちには、殿の側近として働いてもらうつもりだったのじゃが」

将軍職とは言わぬが、いずれ公儀の重職に就くであろう左近にとって、二人を喪《うしな》ったことは、確かに痛手である。それほど、二人は優秀であったのだ。

三

左近が啓蔵と貴哉の死を知らされたのは、翌朝であった。

昨日左近は、一旦は泊まると言ったのだが、気が変わって抜け穴から外へ戻っていたのだ。

谷中のぼろ屋敷で朝餉《あさげ》の支度をしている時、土の中から湧《わ》き出たような気配に気づくと、なんと、吉田小五郎が庭の井戸端に姿を見せた。

小五郎は初め、台所に立つあるじの姿を見て、大切な物を落としたことに気づいた時のような顔をした。

「殿、そのようなことはわたしがやります」

「よい」

伸ばしてきた手を拒《こば》み、なんの用かと訊《き》くと、その場にひざまずいて昨夜の出来事を話しはじめた。

友同然の二人の忠臣の死を知らされ、左近はしばらく言葉が出なかった。刻《きざ》みかけた葱《ねぎ》と包丁をにぎったまま、呆然《ぼうぜん》となった。

相手はおそらく甲賀者だと言う小五郎に、左近は言葉を返せないでいる。将軍の座をめぐる争いを避けるために、よかれと思って病気と偽《いつわ》り、暗殺を警戒して密かに屋敷を出たのだが、それが仇《あだ》となった。

「二人には、まことにすまぬことをした。おれのせいだ。正信の申すとおりに、昨夜は屋敷にいるべきであったか」

「いいえ、敵はかなりの遣い手、恐ろしい毒も使います。ご家老は、あの場に殿がおられたらと思うと肝《きも》が冷えると申されました。啓蔵殿と貴哉殿も、殿がご無事できっと安堵《あんど》しておりましょう」

左近の心中を察したのだろう、小五郎がそう言って気遣った。だが、言い終えた目はひどく悲しげである。

「殿、何ゆえ黙って、屋敷を出られたのです」

「小五郎、ここは城中でも藩邸でもない。その呼び方はやめろ」

「………」

小五郎は唇を引き締めた。答えになっておらぬと、無言の抗議をしている。

「すべては、おれのわがままだ。次期将軍の候補が噂されるようになって、幕閣の空気が変わってしまった。表沙汰《おもてざた》にはなっておらぬが、叔父上《おじうえ》の周囲にいる者と、余を推す者の争いが激しいと聞いている」

「叔父と申されますと」

「わかるであろう。綱吉様だ」

「では、昨夜の刺客も、綱吉様の手の者では」

「叔父上は確かに気性が激しく、今の幕政にも不満を抱いておられる。だが、己の出世のために身内を暗殺するようなお方ではない。まして、おれはすでに、将軍職に興味がないと伝えている」

「綱吉様に、でございますか」

「叔父上だけではない。上様にもだ」

「なんと」

「世継ぎ争いでご公儀の結束が乱れたのでは、徳川の世にどのような災《わざわ》いが起こるかわからぬ……と申すは建前でな」

左近は頭をかきかき、

「江戸城からめったに出られぬような、息苦しい暮らしをしとうないのだ。こうして市中に暮らし、陰ながら徳川の世を支えたい」

「世にはびこる悪党どもを成敗されたと、聞きおよんでおります」

「譜代《ふだい》の旗本と申しても、金と権力欲しさに悪の道に堕《お》ちる者も少なくない。その者たちのことは、高いところにいたのでは決して見えぬ」

小五郎は表情を明るくした。

「殿、わたしもお手伝いしとうございます」

「小五郎」

「はッ」

「おれは浪人、新見左近だ。そばにいるというのなら、友として接してくれ。左近と呼び捨てにしても構わぬ」

　小五郎は深々と頭を下げた。

「では、おそばにいてもよろしいのですね」

「帰れと言っても、帰る気などないのだろう」

「はい」

　左近の胸中に、ふと疑念が湧いた。

「小五郎」

「はッ」

「刺客のことだが、甲賀者というのは間違いないのか」

「と、申されますと」

「ほんとうに甲賀者ならば、よほどの未熟者でない限り、それとわかる物は残さぬはずだ」

「啓蔵殿と貴哉殿が、そうさせなかったのでしょう」

「そうか、で？　証拠とはなんだ」

「これにございます」

　懐《ふところ》から二本の手裏剣を出した。

「刃先に猛毒が塗られております。毒物の扱いに優《すぐ》れた甲賀者ならではの仕込み」

「甲州忍者は毒は使わぬか」

「使いますが、ここまでの猛毒は持っておりませぬ。おそらく伊賀者も同じかと。念のため、東洋先生に毒物を調べていただきました」

「やはり、甲賀と申したか」

小五郎はゆっくりと顎《あご》を引いた。

「されど、甲賀者と一口に申しても、今のところは下手人《げしゆにん》を断定するのは困難かと」

「甲賀と申しても流派がいろいろあるからな。まあ、甲賀者を使う者で、おれが生きていては困る者も少なくなかろうよ。いずれにしても、この命を狙うならまた来るであろうな」

「おそらく」

「うむ、そこでな、小五郎」

左近は声を潜《ひそ》め、細々《こまごま》としたことを小五郎に伝えた。

よいな、と念を押した時である。表のほうから、地面に下駄《げた》を擦《す》って歩く足音がした。

「あら、左近様、大変ですよう。おみおつけが煮詰まってるじゃないの」

「あ、いかん」

「誰かお客さんでも？　話し声がしていたけど」

お琴が顔を見せた時には、小五郎は身を消すように、その場から立ち去っていた。

「独り言だ。おかずを何にしようか考えあぐねたものだから。それより今朝はどうした」

「鮭《さけ》と大根の煮物を作ってみたの。食べてもらおうと思って」

お琴は風呂敷包《ふろしきづつ》みを解き、器《うつわ》を膳《ぜん》に載せた。鮭は一度焼いてあるらしく、程よい焦《こ》げ目と香ばしい香りが食欲をそそる。

「これは旨《うま》そうだな。ありがたい」

お琴は笑みを浮かべたが、うかがうような表情を向けてきた。

「左近様？」

「はい」

「何か、あったのですか」

今朝は様子が変だと、お琴は言った。とぼけたように明るく振る舞っても、こころの中に潜む暗い気持ちを見抜かれていた。

「うん、昨夜、親しい友がな……」

殺されたと言いかけて、言葉を呑《の》み込んだ。同時に、自分が命を狙われた事実が脳裏《のうり》に浮かび、そのせいで自分の周囲の者を傷つけ、失う恐怖にこころを支配された。

「どうなされたの」

「いや、友がな、急な用事で、国許《くにもと》へ帰らなくてはならなくなったと知らせが来たのだ。もう江戸には、来ないかもしれぬ」

「まあ、寂しくなりますね。お国はどちら」

「甲州の田舎《いなか》だ。甲斐の生まれだけあって、二人ともよい武士であった。もう会えぬのは残念だ」

嘘ではない。

啓蔵と貴哉は、甲府藩の領地である韮崎《にらさき》の生まれである。両名とも先祖はかの武田《たけだ》家家臣であると聞いている。

「お琴……」

「来たついでにお掃除しますからね。あと、食べ終わったら着てる物を脱いでください。お天気がいいから、お洗濯もしないと」

「聞いてくれ、お琴」

「どうしたの？　怖い顔して」

「おれたちは、しばらく会わぬほうがいい」

「え？」

着物を畳《たた》む手を止めたお琴の顔から、笑みが消えた。

「この屋敷には来ないでほしいのだ」

「……姉上の、ことですか？」

「理由は訊かないでくれ。とにかく今は会わぬほうがいい」

まっすぐ左近を見るお琴の目に涙が浮かんだ。流れるところを見たくなかったので、左近は目をそらした。

命を狙われていると言えば、お琴はこの家から離れようとしなくなる。それがわかっているだけに、ほんとうのことは言えなかった。気の利いた嘘を言えばよかったのかもしれないが、涙に動揺してしまった左近は、なんと言ったらよいのかわからなくなっていた。

お琴はまっすぐな目で見ていたが、目を背《そむ》けたまま何も言わなくなった左近をどう思ったのか、静かに息を吐き、黙って帰っていった。

「よろしいのですか、殿」

いつの間にか、小五郎が庭先に立っていた。

左近は、お琴の涙で頭が痺《しび》れたように呆然としてしまい、黙ってうなずくことしかできなかった。

四

「何、しくじっただと。この、たわけが！」

茶器を投げつけられた者は、頭から血が流れようがひたすらに平伏《へいふく》したままでいる。

「ええい、なんとかいたせ。このままでは、わしの首が刎《は》ねられるぞ」

「なんと申されましょうが、我らはそのお方が申されたとおりに行動したまで。獲物がおらぬのでは、狩りはできませぬ」

「だから、そこをなんとかいたせと申しておるのだ。お前の力をもってすれば、若造一人を見つけ出すなど容易《たやす》いことであろうが」

「されど、我らの中に、彼《か》の者の顔を知る者がおりませぬ」

「わしも見たことはないわ！」

言い終えて、男は気を鎮《しず》めるために深い息を吐いた。それがよかったのか、何かを思い出したらしく、扇子《せんす》を膝にたたきつけ、

「おお、そういえば、それらしき人物を上野で見たという噂を耳にした」

「江戸は蟻《あり》の巣のごとく人があふれております。それだけではどうにも」

「くっ」

男は忌々《いまいま》しげに唇を歪めた。

「ただ……」

「……ただなんじゃ」

「さる浪人者が、甲府藩御用医師の西川東洋と親しくしております」

「その者のことを、調べてみたのか」

「はい。我が手下の土蜘蛛組を潰した男ではないかと」

「何ぃ」

この男、土蜘蛛組を操《あやつ》っていた勘定奉行、杉浦信貞から多額の賂《まいない》を受け取っていただけに、あの一件はよく覚えている。

公儀の大きな力が働き、短期間のうちに揉《も》み消されたのも確かであり、それによって自分との繫《つな》がりが表沙汰にならなかったことが、不幸中の幸いであった。

だが、多額の金が入らなくなったのは、今でも痛い。

「もっと詳しく調べろ。場合によっては、医者を捕まえて拷問《ごうもん》しても構わん」

「かしこまりました」

男は平伏し、座敷をあとにした。

その背中を見据《みす》えた男はやおら立ち上がり、ゆるりと襖を開けると、その場で片膝をついた。

「お聞きになられたとおり、彼の者にまかせておけば、近いうちに必ず、甲州様を亡き者にいたしましょう」

襖の奥に座る男は、低く、呻くような声で笑った。

「邪魔者がいなくなれば、天下は我らの手に入ったようなもの。おぬしの出世も思うがままじゃ」

「はは」

男が平伏する相手は、お忍びでこの屋敷に来たらしく、どこぞの隠居者のような身なりをしている。

「先ほど土蜘蛛組と申したか」

「はい」

「土蜘蛛組を潰した浪人者が、杉浦を切腹に追いやったと聞いておる」

「なんと」

「ただ者ではなかろうよ。わしはな、その者こそが甲州様と睨《にら》んでおる。恐ろしく剣の腕が立つとも聞いておるが、おぬしの手下の者、腕は確かであろうな」

「ご心配には及びませぬ」

「では、よい知らせを待つとしよう」

男は立ち上がり、座敷の奥の暗闇に消えた。

平伏して見送る男は、野望に満ちた目を上げると、口角《こうかく》を歪めた不気味な笑みを浮かべていた。


江戸市中に不穏《ふおん》な輩《やから》が放たれた頃、西川東洋は、神田明神下の湯島《ゆしま》で呑気に団子を食べていた。呑気にといっても遊びに来たのではなく、近くの薬種問屋《やくしゅどんや》に、とある薬の材料となる物を求めに来た帰りである。

縁台に座る東洋の隣におよねが腰かけ、湯気が上がる湯呑《ゆの》みを傾《かたむ》けてお茶をすすっている。でっぷりとした尻の横に置かれた団子の皿には、串《くし》が三本きれいに並べられていた。

まだ一本目も食べ終わらぬ東洋は、その皿に目をやったあとに、およねの腹を見てくすりと笑い、

「ここの団子は旨かろう。もうひと皿食べるかね」

およねが返事をする前に、おやじ、もうひと皿頼むと、店の奥に声をかけた。

「先生、このお腹を見て食を減らせって、昨日おっしゃったばかりですよ」

「あは、あはは。まあ、今日はよいではないか。荷物を持ってもらうお礼じゃ。お琴さんにも買っていってあげよう。無理を言ってお前さんの手を借りたお礼にな」

「困った時はお互い様ですよう、先生。それより、お女中さんは心配ですね。悪い病《やまい》じゃないといいですけど」

「悪い病ではない。あれは二、三日休めばよくなるだろうて。それよりも、お琴さんのことが心配だ。近頃元気がないように見えるが」

「あれはね、先生。どうも男と何かあったんですよ」

「新見殿と？」

「あれ？　左近様を知っておいでですか、先生」

「え？　あ、うん」

　東洋がわざとらしく咳をしてごまかした。

「新見殿は前に一度、診《み》たことがある。風邪《かぜ》だったと思うが、そのあと、いつだったか覚えてないが、浅草でお琴さんと一緒に歩かれていたのを見たのでな、もしやと思ったのだ」

「おかみさんは、左近様の許婚《いいなずけ》だった人の妹さんなんですよう。でもね、二人は想い合ってるような気がするんです」

「あ、そう」

「女の勘ですよ、先生」

「あ、そう」

「でも二人はいつまで経《た》っても煮え切らないから、傍《はた》から見ているとじれったくって……聞いてます？」

「あ、そう。え？」

　団子の醤油《しょうゆ》だれで口の周りを汚した東洋の顔が妙に間抜けに見えて、およねはあははと笑った。

二人の会話はそこで途切れた。

ふた皿目もぺろりと食べたおよねは、七つ（午後四時頃）を知らせる鐘の音を聞いて、あら大変、と言い、荷物を担《かつ》いだ。

「先生、早く帰りましょ」

お琴への土産《みやげ》を持って、およねは腰を上げた。背負った薬の荷物は、小柄な男の背中よりも大きく、米半俵（約三十キロ）の重さがある。

東洋は駕籠《かご》を雇うつもりであったが、

「あれもったいない。これぐらいは持てますよう」

と、言うものだから、およねに背負ってもらうことにしたのだ。

さて行くかと腰を上げた時、西川東洋は、向かいの菓子屋の横の路地に、こちらをうかがう目があることに気づいた。ふと、何げなく向けた目の先に、慌てて身を隠す人影を見たのだ。

「先生、何か？」

厳しい目をしていたのだろう、およねが菓子屋のほうへ振り向いた。

「いやいや、なんでもない、なんでもない。さ、帰ろう」

ここに置いておくよと奥に声をかけ、東洋は小銭を縁台に置いた。

他愛もない会話をしながら、仲よく上野に帰っていく二人の背中を見ている者がいる。銭を片づけに出てきた店のおやじではなく、静かに茶を飲んでいる旅姿の男だ。

菓子屋の陰から出てきた町人風の男が、何食わぬ顔で旅の男と背中合わせに腰かけ、おやじに団子と茶を注文した。

団子を待つあいだ、他の者には聞こえぬ特殊な声音《こわね》を使った会話が、この男たちのあいだで交わされている。

旅の男は、一休みするふりをして、東洋とおよねの会話を聞いていたのだ。

「医者をつけろ」

男にすべてを報告したあとでそう命じられた旅の男は、縁台に小銭を置いて、東洋とおよねの背中を追った。


啓蔵と貴哉の弔《とむら》いをすませた左近は、小五郎と共に根津の藩邸を出て、寺町を通り、谷中のぼろ屋敷に戻ろうとしていた。

「しかし殿」

「左近でよい」

根津から谷中に向かう寺町通りは、珍しく人通りが多い。今も殿と呼ばれた左近を、他家の侍がいぶかしげに見ていた。

「……左近」

命令とはいえ、主君を呼び捨てにした小五郎の声が裏返った。ごまかすように咳をして、

「あのような芝居の技を、どこで覚えたのだ」

ぎこちない口調である。

家臣が揃う葬儀に顔を出した左近は、身なりこそきちんとしていたが、足をふらつかせ、虚《うつ》ろな顔を作り、震える声で啓蔵と貴哉の亡骸《なきがら》に語りかけて、家臣一同の涙を誘った。その姿は、どこから見ても病人そのものだったのだ。

左近が答えずにいると、小五郎は話題を変えた。

「皆に見送られて、啓蔵も貴哉も喜んでいることだろうな」

「だといいな」

二人の姿が目に浮かび、しばし沈黙した。小五郎も同じ心境となったのか、視線を落として歩いている。

「二人とも、よき友であったな」

「はい」

やはり屋敷にいればよかったと言いかけて、左近は口を閉じた。谷中のぼろ屋敷の前に立つ人影に気づくと同時に、小五郎がそばを離れ、通りを行き交《ゆか》う人々に紛《まぎ》れていったからだ。

「およね」

ぼろ屋敷の門扉《もんぴ》の隙間《すきま》から中をのぞいていたところへ、いきなり背後から声をかけられたものだから、およねがわっと声をあげて腰を抜かした。

「ああ、もうびっくりしたよう」

尻餅《しりもち》をついたおよねは、笑い半分、苦しさ半分といった顔をしている。

「ここで何をしている」

「何をって、おかみさんのことで来たんですよ」

「お琴がどうかしたのか」

「何慌ててるんですよう。どうかしたのかはこっちが訊きたいよ、まったく」

左近が呆然としていると、

「おかみさんと喧嘩《けんか》でもしたんですか、左近様」

詰め寄るように、ふくよかな胸を張ってきた。

「いや、喧嘩などしていないが、どうしたのだ」

「左近様のところから帰った日以来、元気がないんですよ、おかみさん。ほんとに何もなかったんですか」

「………」

「ほらやっぱり、なんかあったんだ」

「いや……」

「とぼけてもだめです。左近様もお店に来ないじゃないですか」

「違うんだ、およね。これにはわけがあるのだ」

「何があるんです」

「いや、それはな……」

およねをちらっと見ると、こちらを刺すような目を向けていた。

「わけがあって、しばらくお琴には会えないのだ。およねも、ここへは来ないでほしい」

「まッ！　左近様！」

「はい」

ずいと寄られて、思わずたじろいだ。

「まさかおかみさんにも、ここへ来るなと言ったんですか」

「大きな声を出すな」

年増女に凄《すご》まれる様子が滑稽《こっけい》に見えたのだろう。表を行き交う侍たちが薄笑いを浮かべ、武家の女中が袖で顔を隠して笑っている。

「すまぬな。もう少しのあいだ、会えないのだ。ことがすんだら必ず顔を出すから、お琴にそう伝えてくれないか」

「知りませんよ」

「そう言わずに、頼む」

「そうじゃなくて、放っておいたら、他にいい男ができても知らないって言ってるんです。あれだけの器量よしですからね」

言うだけ言って気がすんだのか、およねはぷいっと顔をそらして、浅草へ帰ろうとした。二、三歩進んで立ち止まり、ぽんと手を打つ。

「そうだ！　左近様のせいで忘れるところでしたよ」

「うん？」

「ここの様子を見て帰るって言ったら、東洋先生からこれを置いていくように頼まれてたんですよ」

「手紙か」

東洋は、葬儀を終えた左近が今日あたり谷中に戻ると踏んだのだろう。手紙には、渡したい物があるので診療所にご足労願いたいと書いてあった。

「渡しましたからね」

「ああ、お琴によろしくな」

一部始終を見ていた小五郎と目が合った。呆《あき》れたように笑われて、左近は咳払いをひとつした。

五

寛永寺御門前を南にくだり、下谷広小路そばの上野北大門町に、西川東洋の診療所がある。

武家地に近いこと、そして、甲府藩御用医師ということもあり、患者の半数以上が武家である。が、東洋は貧しい町人も分け隔《へだ》てなく、いや、診療費は分け隔てしているのだが、所持金に関係なく患者を診るので、待合室はいつもいっぱいであった。

新見左近が診療所を訪れたのは、手紙を受け取った翌日の昼である。

ちょうど昼休みに入ったところで、今日も手伝いに来ていたおよねが熱い蕎麦《そば》を出してくれた。

「うん、およねさんの蕎麦は旨い」

忙しい東洋は、昼はこうして軽い食事ですますのだ。今日は休んでいる若い女中が作る蕎麦も旨いが、さすがおよねさんは年季が違う、と口を滑らせ、およねに叱《しか》られていた。

「ところで先生、渡したい物とはなんだ」

茶を飲み終えた頃合いを見て、左近は切り出した。すると東洋、台所にいるおよねに目をやってから、庭に下男がいないのも確かめ、薬簞笥《くすりだんす》の鍵を開けて木箱を取り出した。

白い紙の包みと、

「これは、塗り薬にございます」

漆《うるし》塗《ぬ》りの容器に入れた塗り薬を渡された。

「なんの薬だ？」

「啓蔵様と貴哉様に使われた毒を消す薬にございます。用心のためにこしらえました」

「では、毒の成分がわかったのだな」

「はい」

東洋は渋い顔をした。

「あの種を使うのは甲賀の中でもごく一部。刺客はおそらく、百鬼組《ひゃっきぐみ》の者ではないかと」

「百鬼組？」

「厄介な相手です」

東洋が言う百鬼組とは、その昔、豊臣《とよとみ》家に仕えていた甲賀忍者の中でも精鋭《せいえい》と言われた一族だ。家康によって豊臣家が滅《ほろ》びたあとは行方知れずとなっているが、噂では、その実力を買われ、徳川方の重臣に召し抱えられたとも聞く。

「甲州様……」

「どうした先生、そう改まって」

「この東洋には監視の目がついております。わざわざお越し願いましたのは、わたしが谷中に行けば、甲州様のぼろ屋敷、あいや、隠れ屋敷の位置が敵に知られてしまうと思いまして。つまりですな、その、上屋敷にお戻りになり、身辺警固を厳重になされたほうがよろしいかと」

「ふむ、そうだな」

呑気に聞こえたのか、東洋は眉をひそめた。

「殿――」

「おれは待つのが嫌いなのだよ、先生。いつ来るかわからぬ敵のために、家臣に寝ずの番をさせるのはどうもな。並の者では束になっても勝てんだろうし」

「……」

「刺客が何者であるかわかったならば、こちらから仕掛けるのも手だ。恩に着るぞ」

薬を袖に忍ばせ、安綱をにぎった。

「先生」

平伏する東洋の背中を見下ろし、

「ここには小五郎の手の者を警固につけるから安心しろ。だが当分、夜の外出は控えたほうがよいぞ」

「ははあ」

台所にいるおよねに昼餉の礼を言い、左近は表に出た。

下谷広小路を北に向かって歩み出すと、すぐに背後の気配に気づいた。三橋《みはし》を渡ると道幅も広くなり、寛永寺に向から者や買い物客で人は倍に増えたが、背後にぴりりと感じる気配に変化はなかった。

跡をつける者を引き連れたまま、寛永寺前にやってきた。上野台地を占《し》める寛永寺は、寛永《かんえい》二年（一六二五）に天海僧正《てんかいそうじょう》によって草創《そうそう》されて以来、東北の鬼門として江戸城を守護している。同時に、徳川家の菩提《ぼだい》を弔う重要な役目を担《にな》っており、江戸第一の格式高い寺である。

ゆえに、一年を通して詣《もう》でる者が多い。

寛永寺門前を行き帰りする人の流れを横断し、不忍池のほとりの道に向かった。人の波からはずれると、池のほとりの道は人通りも少なく、静かだ。

前から駕籠かきの威勢のよいかけ声が聞こえてきて、風呂敷包みを抱えた婆様《ばあさま》を乗せて浅草方面へ急いでいる。

――今のは産婆《さんば》だろうか。どこかで子が生まれるのかもしれないな。

のんびりしたことを考えながら歩いていると、急に、背中に寒気がした。なんとも言えぬ気配が、跡をつけてくる。

左近は気づかぬふりをして、そのまま歩んだ。池を過ぎ、坂をのぼって松平伊豆守下屋敷の塀を左手に見ながら寺町に来れば、ぼろ屋敷はすぐそこだ。

をしている。

上正寺の前に来ると、正門の奥に康庵和尚の姿が見えた。境内《けいだい》で誰かと立ち話をしている。

お菊は元気にしているだろうか、などと考えながら通り過ぎ、屋敷の門を潜《くぐ》った。いつものように玄関に向かうと、左近は庭木の枝を気にするふりをして、目の端で門の外をうかがった。すると、町人姿の男が見えた。男はこちらの様子をうかがうような素振りは見せず、ただ、通り過ぎていったようだ。

その男のあとに、吉田小五郎が門の外を通り過ぎていく。ぼろをまとい、太い杖《つえ》をついてよろよろと歩いていた。小五郎は忍び仕事をする時、よく座頭《ざとう》に化けるのだ。

実際、按摩《あんま》の腕もよいらしく、本物の座頭たちからも、一目置かれていると聞く。

小姓として、忙しい屋敷仕事をしながらも、江戸の市井《しせい》に溶け込む努力をしているらしく、どのように知り合ったのか、すっかり座頭の仲間入りをしていた。

左近は屋敷のぼろ戸を開けて中に入り、囲炉裏《いろり》に火を熾《おこ》した。

炭に火が回るまでに仏間に行き、部屋に風を入れて、お峰がいる仏壇に手を合わせる。

そういえば、最近、お峰と話をしていない。お琴のことは心配するなと言いかけて、口を閉じた。ここへ来るなと言った時の、お琴の悲しそうな顔が瞼《まぶた》に浮かんだからだ。

「すまない、お峰」

お琴を泣かしたことを詫《わ》びたのではない。お琴を愛してしまいそうな自分を許してくれと思ったから、自然に言葉が出たのだ。

小五郎が戻ってきた。

音もなく庭から座敷へ上がってくると、部屋の隅で片膝をついた。

「つけていた者の行き先を突き止めました」

「そうか」

「…………」

「……なぜ黙っている」

小五郎は、顔をうつむけたままだ。

左近は、小さなため息と共に言った。

「構わぬ、どこの屋敷に入ったか申せ」

「その者は、旗本小十人頭《こじゅうにんがしら》、戸田広之《とだひろゆき》様の屋敷の門内へ消えました」

「やはり、公儀の者であったか」

予想はしていたが、それにしても、あからさまな行動を取ったものだ。とはいえ、寝所に刺客を送ったという証拠がないので迂闊《うかつ》に手出しはできぬ。

左近はやおら立ち上がった。

「殿、どちらへ」

「戸田家には、確か道場があったな」

「ございますが」

小五郎は言って、瞠目《どうもく》した。

「まさか、殿――」

「小五郎！」

「はい」

「おれは一介《いっかい》の素浪人。殿はやめろと言ったはずだ」

左近は笑みを浮かべ、安綱を腰に落とした。

「戸田家には、戦国伝来の剣術があると聞く。どのようなものか、直接確かめてやろうじゃないか。ついてまいれ」

「はは」

小五郎はぼろ衣《ぎぬ》を脱ぎ捨て、端折《はしょ》っていた着物の裾《すそ》を直した。被《かぶ》り物《もの》を取ると、こざっぱりした若侍の格好に戻った。

小五郎の早着替えを初めて目の当《ま》たりにした左近は、当人に向かって、どちらがほんとうの姿だと笑いかけた。

すると、二十ほどある顔のうちの二つですと、この若侍、澄ました顔で言う。

木の杖を手元に引き寄せ、両手で持ち上げた。何をするのかと思って見ていると、中ほどをひねり、カチリと音をさせて割った。

「ほう、変わった仕込みだな」

杖の中からは、ひと振りの刀が出てきた。それも、鞘《さや》つきのごく普通の刀である。

それを腰に差せば、左近と同じ、どこにでもいる着流し姿の侍だ。

「お待たせしました」

二人肩を並べて門より出ると、寺と武家屋敷しかない通りに人影は少ない。

歩みはじめて間もなく、背後と前方に気配があることに気づいた。

「やはり、見張りがついていたようです」

「気にせず歩け。これからゆくところに気づけば、奴らも慌てよう」

御茶ノ水《おちゃのみず》、水道橋《すいどうばし》近くの、武家屋敷が並ぶ通りに向かった二人は、狭い坂道をのぼり、戸田家の門の前に立った。

屋敷内の道場に通う門弟のために門扉は開けはなたれているが、どこかに監視の目があるらしく、すぐに警固の者が二人現れた。

「当家に何かご用か」

口調は柔和《にゅうわ》だが、目つきは厳しく、簡単には通さぬという威厳を全身から放っている。

「こちらは戸田広之殿のお屋敷ですか」

「いかにも」

左近は唇に笑みを浮かべた。

「それがし、新見左近と申す」

警固の者が、小五郎に目を向けた。

「吉田、大五郎《だいごろう》です」

咄嗟《とっさ》に偽名を使った。

「で、なんのご用かな」

「有名な道場があると聞き、是非ご指南賜《たまわ》りたく参上した次第」

「貴様、道場破りか」

「まさか、ただ立ち合いをしたいだけのこと。看板など眼中にござらん」

それはそれで、相手を刺激したようだ。二人は目顔で相談し、一人が無言で顎を引くと、屋敷内へ走っていった。

すぐに、庭の奥からどやどやと門人《もんじん》が現れ、左近と小五郎は取り囲まれた。

「拙者、坂木《さかき》と申す。先生がお会いになるそうだ」

師範代らしき男が、厳しい口調で言った。

「知った顔はありません」

道場に向かう途中、背後で小五郎がつぶやいた。

「何か申したか」

「いや、こちらのことだ」

坂木にそう返し、あとについていった。

小十人頭といえば、将軍あるいは嫡子《ちゃくし》の警固を担当する格式高い役目のひとつである。

戦時は将軍おそばに控えて敵の攻撃から御身《おんみ》を守り、平時は江戸城躑躅《つつじ》の間《ま》に詰め、将軍外出の時は、先発して道中の警固につく。それゆえ、武術に優れた者が選ばれるのだ。

「なかなか、立派なお屋敷ですね」

小五郎は言いながら、油断なく目を動かしている。言わば小十人頭と同業のこの男も、物陰から鉄砲や弓などで狙われていやしないかと、警戒を怠《おこた》らない。

戸田家の道場は、人目を避けるように、屋敷の奥に構えられていた。家康公の時代から仕えた家柄だけに、道場も歴史があるらしく、太い柱の建物は風格がある。

床は磨き上げられ、壁には、激しくぶつかって穴が開いたのだろう、ところどころ修復した痕《あと》が残っていた。

「こちらへ座られよ」

示された下座に座ると、門人たちが両端に分かれて座った。

大仰《おおぎょう》かつ威厳ある神棚《かみだな》が据えられた上座にあるじの姿はないが、二人の師範代が座っている。

案内をしてきた坂木が廊下に消え、道場は沈黙した。

開けはなたれた窓から見える外は日が照っているのだが、ゆるやかに吹き込む風で中は涼しかった。

六

静まり返る道場で待つこと四半刻《しはんとき》（約三十分）、廊下に足音がすると、それまで正座していた門人たちが、一斉に平伏した。

早足だった足音が、道場の入口に近づくと遅くなり、上座の障子が開けられた。

現れた男は、歳は三十前半だろうか、前に控えていた師範代の二人よりもずいぶんと若く、白髪の老人を想像していただけに、意外であった。

「長らく待たせた」

自信に満ちた声を放ち、男は上座の中心に腰を下ろした。

「拙者、新見左近と申します」

「吉田大五郎にござる」

二人が頭を下げたのを見て、

「当家のあるじ、戸田広之じゃ」

居丈高《いたけだか》に述べた。

「世に名高き戸田流がいかなるものか知りたく、何とぞ、一手ご指南願いたい」

左近の言葉にも、戸田は肘掛《ひじか》けにもたれかかり、見くだした目を向ける。

「新見、と申したな」

「はい」

「どちらの家中の者だ」

「わけあって、今は浪々の身にございます」

「この戸田家が将軍おそばに仕える身分であることを知っての、立ち合いの申し入れか」

目を伏せ気味にしている左近は、至極《しごく》冷静な声で応じた。

「身分など、拙者には興味がないこと。ただただ、戸田流と剣を交《まじ》えてみたいと思うたまで」

左近は目を上げた。その時、廊下に潜む者がいることに気づいた。入口に控えている坂木に、背後から何やら語りかけている。

その坂木が、腰を低くして戸田のそばにゆき、耳元に口を近づけた。話を聞いた戸田は捜し物を見つけたような顔となったが、それは一瞬であり、すぐに、元の表情に戻った。そのまま、左近を見据えて黙り込んでしまう。

二重瞼《ふたえまぶた》の大きな目をしているが、鼻と口は小さく、どこか釣り合いが悪い。鼻と口の大きさにくらべ、異常にえらが張っているからだろうか。

大きな顎を上向きにして目線を下げたようにするから、余計に人を見くだしているように見えるのかもしれない。

そんなふうに思ってしまうほどに、左近をじっと見ているのである。

「戸田殿、いかがされた」

痺れを切らして、大五郎こと小五郎が言った。それにも動じず、まだ見ている。

しばらくして、ふっと息を吐き、

「この立ち合い、お受けいたそう」

言い終えた時には、凄まじいほどの殺気を放ちはじめていた。

「まずは、当道場の習《なら》わしにより、門弟の者がお相手いたす。渡辺《わたなべ》」

「はっ」

名を呼ばれ、下座の門人が立ち上がった。

左近は安綱を小五郎に預け、渡された木刀をにぎった。

両名が道場の中央で対峙する。渡辺は正眼の構えを取り、左近は右足を引き、右手ににぎった木刀をその足に沿わせて下げた。

変わった構えに渡辺は戸惑いを見せたが、一見すると隙だらけ、すぐに自信に満ちた表情となった。

「はじめ！」

師範代の大音声《だいおんじょう》と共に、

「きえぃ」

と渡辺が声を出し、振り上げた木刀を頭に打ち込んできた。

鼻先寸前で剣先をかわしてみせた左近は、素早く相手の左に飛び込み、右手の木刀で渡辺の足を払い上げた。

脛《すね》を強打された渡辺はその場に倒れ、足を抱えて苦しんでいる。

「次！」

門人が渡辺を端へ引きずっていき、次に現れたのは身の丈《たけ》六尺（約百八十センチ）以上はある大男だ。縦《たて》も大きいが、横もでかい。目方《めかた》は優に、二十六貫（約百キログラム）はあろうか。

長めの木刀を上段に構えた熊のような大男は、太い眉毛を吊り上げて、

「おお！」

と、子供なら吹き飛ばされそうなほどの大音声の気合を発した。

ほぼ同じ目線の左近は、熊男の威嚇《いかく》に動じることもなく、先ほどと同じ構えを取っている。

平然としている左近に苛立った熊男が、目をかっと見開いた。

――わかりやすい奴だ。

そう思った時には、左近はすでに、熊男の背後に駆け抜けていた。

振り向きもせずに、立ち合いを観ている戸田を見据えていると、背後で呻き声をあげて熊男が倒れ伏した。腹を強打され、口から泡を吹いている。

「将軍警固の剣と申すが、戸田流とはこの程度か」

左近が言うと、上座にいる者たちが顔色を変えた。

「それがしがお相手いたす」

言って立ち上がったのは、右に座っていた男だ。

「戸田流師範代、上野《うえの》元三《げんぞう》だ」

木刀を正眼に構えながら、

「一応、流派を聞いておこうか」

「さあな、忘れた」

聞いた上野は、

「まあ、それもよかろう」

と、冷静である。このような男は強い。

一拍の間を置き、その場の空気ががらりと変わった。

正眼に構えた上野に隙はなく、凄まじいほどの気を発している。

左近は右足を引き、初めと同じ形《かた》でゆらりと木刀を構えた。

その構えを見て、

「これまでのように、片手で倒せると思うなよ」

言った上野が、裂帛《れっぱく》の気合と共に打ち込んできた。

突きから入り、上段から袈裟懸けに斬り下ろし、返す刀で逆さに斬り上げる。

息をつかせぬ怒濤《どとう》の攻撃だが、左近は一度も木刀で受けることなく、ひらりひらりと、ことごとくかわした。

次第に熱く、苛立ちはじめた上野の剣に、乱れが生じた。それはごく一瞬で、並の者なら見逃すほどの乱れだ。実際は太刀筋《たちすじ》がぶれたりするのではなく、気の乱れによって、打ち込む瞬間を相手に悟《さと》られるのである。

上野は正眼の構えから、気迫を込めて動こうとした。その瞬間を狙い、左近が初めて攻撃に出た。つと飛び込み、右足に沿って下げていた木刀を振り上げ、相手の胸を打ち払った。

うっ、と声をあげた上野が、負けじと振り向きざまに打ってこようとしたところへ、今度は木刀を打ち下ろし、ぴたりと剣先を眉間《みけん》の前で止めた。

「ま、まいった」

苦しそうな声をあげた上野が、胸の痛みに耐えながら、門人が座る場所まで下がった。

「強いのう」

立ち合いを見届けた戸田が、余裕の笑みを浮かべながら言った。

「見たことのない流派だが、まだ思い出せぬか」

「さて、なんだったたか」

左近がとぼけると、戸田が真顔となり、

「己の流派も思い出せぬ者と、わしが戦うまでもない。どうじゃ、次はわしが見込んだ剣客と試合をしてみぬか。門人ではないが、腕は立つぞ」

戸田が言うと、廊下に控えていた男が現れた。立ち居振る舞いを見る限り、相当な遣い手である。

茶筅髪《ちゃせんがみ》の男は裾を絞《しぼ》った踏込袴《ふんごみばかま》を穿《は》き、鉄砲袖《てっぽうそで》の着物をまとっている。刀は背負っていた。

――忍びか、東洋が申した百鬼組であろうか……。

「どうじゃ、この者を倒せば、わしが立ち合《お》うてやるぞ」

「わかりました。やりましょう」

即答すると、左近は道場の中央に進んだ。

「おれは木刀などで勝負はせぬ。おぬしも剣士の端《はし》くれなら、真剣で勝負いたせ」

忍者剣客が、胴間声《どうまごえ》で言った。道場内がどよめき、ほとんどの者が、左近を哀《あわ》れむ目となっている。

「左近、おれにやらせてくれ」

吉田小五郎が、あるじを守るために前に出ようとした。その肩をつかみ、

「大五郎、邪魔をするな」

後ろへ下がらすと、安綱を腰に落とした。

双方が中央で向き合うと、道場内が静まり返る。

「どうした、抜かぬか」

背の刀を抜き、睨むように、忍者剣客が言う。抜刀術を警戒しているらしく、迂闊に間合いに入ろうとしない。

左近は少しだけ左足を下げ、いつでも抜けるように、右手を腹の前に置いている。

抜刀術はさほど得意ではないが、まずは敵の太刀筋を見極めようと考えての動きだ。

緊迫した時は続かなかった。忍者剣客は正眼から突き出し、袈裟懸け、逆さに斬り上げと、上野と同じ動きで襲ってきた。が、太刀の速さ、刃風《はかぜ》から察する威力といい、相当なものである。

これを刀で受ければ、刃こぼれはおろか、弾き飛ばされるであろう。

一連の攻撃を終えた忍者剣客は、己の剣がかすりもしないことに目を丸くしていたが、やがて、ふっと息を吐いて微笑を浮かべた。

背筋が凍るような、不気味な笑みである。

左足を前に出して腰を落とし、左肩を傾けながら刀の柄を右肩に引き上げ、切っ先を左近に向けた。

先夜《せんや》、屋敷で貴哉の首筋を裂いた、あの構えである。が、この時はまだ、左近も小五郎も、そのことに気づいていない。

忍者剣客は、柄に仕込んだ手裏剣に右手をかけ、眼光を鋭くした。そのままの姿勢から左近めがけ、手裏剣を放った。

意表を突いた攻撃だが、左近は辛《かろ》うじて手裏剣をかわした。その隙を突き、忍者剣客が刀を突き出してくる。刃先が左近の首をめがけて伸びてきて、誰もが、血飛沫《ちしぶき》が飛ぶと思った。

だが、左近は電光の速さで刀をかわし、忍者剣客の胸を安綱の柄で突き上げていた。壁際まで飛ばされた忍者剣客が、背中を強打して呻き声をあげた。

「大五郎」

小五郎に向けて、左近が手裏剣を投げ渡した。なんと左近は、手裏剣をかわしたのではなく、つかみ取っていたのだ。

受け取った小五郎が手裏剣を調べてうなずいた。啓蔵と貴哉を殺した者に違いないということだ。

「それまで」

「いや、まだだ」

戸田が止めたが、左近は拒否した。

「勝負は、これからが本番。立て、外道」

忍者剣客が不気味な笑みを浮かべて立ち上がった。

「名を聞いておこうか、外道」

左近はゆっくり安綱を引き抜いた。正眼に構えた時、金無垢鎺《きんむくはばき》に刻印された葵《あおい》の御紋《ごもん》に気づいた門人たちが、目を丸くしてどよめき、後ずさりした。

「やはり、貴様が徳川綱豊であったか。剣など持たぬ若造と思うていたが、なかなかおもしろい。お命、この山本玄内《やまもとげんない》が頂戴《ちょうだい》する」

玄内は刀を逆手に持ち替えて、背中の後ろに隠して腰を低くした。左手は手のひらを広げて左近の顔面に向ける。一拍の間を空けて、つと前に出てきた。左近の左上から、凄まじい刃風が迫ってくる。

左近は身を引き、必殺の一撃をかわした。玄内はその勢いを利用して身体を回転させ、次の攻撃を繰り出してくる。縦横無尽《じゅうおうむじん》に繰り出される忍者の剣術は、太刀筋が読みにくい。

防戦一方の左近は押しに押され、壁際まで追い詰められた。刀を擦り合わせる音が道場に響き、床には赤黒い血が点々と染みを作っている。

戸田をはじめ、門人たちは余裕の笑みを浮かべたが、小五郎もまた、余裕の表情で見守っている。

「おう！」

壁際に追い詰められた左近に向け、玄内が気合を込めた一刀を打ち込んだ。袈裟懸けに打ち下ろされた刀を、左近が下から擦り上げて弾き返した。

両者は一旦離れたが、肩を大きく揺らして息をしているのは玄内だ。足下には、点々と血がしたたっている。

防戦一方に思われた左近だが、実は、これも葵一刀流の極意であった。相手の剣を見極め、受けた直後に攻撃に転じ、確実に身を斬り裂いて体力を奪ってゆく。

傷つき、恐怖に顔を引きつらせた玄内が、刀を正眼に構えた。

左近は、ゆっくり安綱を下段に下ろし、刃を横にした。

「我が友の仇《かたき》、葵一刀流を受けてみよ」

とう！

両者が電光の速さですれ違い、ぴたりと止まった。

左近はまっすぐ戸田を見据えている。

背後で玄内が振り向き、一撃せんと刀を振りかぶった。

――ぐう。

喉から不気味な声を発し、床に倒れ伏したのは玄内だ。

静かに息を吐いた左近は、道場の床に広がる鮮血を一瞥《いちべつ》し、血振《ちぶ》りをくれて納刀《のうとう》した。

まさかこの男が倒されるとは思ってもいなかったらしく、道場は静まり返った。

「おのれ!」

師範代の一人が左近に斬りかかった。

その刃を弾き返したのは小五郎の太刀だ。それを機に次々と襲いかかってくる門人たちを、小五郎は目にもとまらぬ動きで倒していく。なんと一人で十人を相手にして、またたく間に打ちのめした。

「案ずるな。峰打《みねう》ちだ」

鋭い目を向けると、門人たちはどよめきながら後ずさりした。かかってくる者がいないと見て、小五郎は静かに刀を納《おさ》めた。

左近といい、小五郎といい、この二人の強さは尋常ではない。凄まじい剣に、門人たちと師範代は身を硬直させてぴくりとも動けずにいる。

上座に座る戸田までもが、顔を紙のように白くし、唇を震わせていた。

その戸田の膝前めがけ、左近は懐に忍ばせていた手裏剣を投げた。乾《かわ》いた木の音を発して突き立てられた手裏剣に驚き、戸田が無様な声をあげて後ずさりした。

「玄内が我が屋敷に忘れていった物だ。返しておく」

言いながら左近は猛然と歩み、安綱を抜いて、戸田の喉元に切っ先を突きつけた。

「けっ、けっ」

と、声にならぬ声を出して怯《おび》える戸田に、

「正直に申せ。おれを殺せと忍びに命じたのはお前か」

歯を食いしばり、ぶるぶると首を横に振る。

「では誰だ」

「し、知らぬ」

切っ先を首に当て、ひと皮斬ってやった。

「まま、待ってくれ。わかった。話す、話すから刀をどけてくれ」

安綱を離すと、戸田は首を押さえて大きな息を吐いた。

白状しようと顔を上げた時、左近は左手の廊下に異変を感じ、無意識のうちに安綱を振り上げた。

異物が風を切る音がして、安綱に斬り割られた物が床に落ちる。

鋭い針がついた吹き矢であった。ふたたび襲いくる吹き矢を斬り落とすあいだに、足下で断末魔《だんまつま》の悲鳴があがった。

小五郎がいち早く外に飛び出したが、敵の姿はすでになかった。

「しっかりいたせ」

吹き矢が首に刺さった戸田が、苦しみもがきながら泡を吹き、やがて、白目をむいて絶命した。

当たりどころが悪いにしても、大の男があっという間に死にいたるとは、恐ろしいほどの猛毒である。

「口を封じられたか」

左近が目を転じると、師範代と門人たちが刀を取り、周りを囲んだ。

「お家の恥《はじ》を見られたからには、生かして帰すわけにはまいらん」

「あるじは殺されたのだ。これ以上、無駄な血を流すでない」

「問答無用」

「たわけ！」

左近の大音声の一喝《いっかつ》に、一同が怯んだ。

「貴様ら、それでも小十人頭の家臣か。あるじを殺した者を捜すのが先であろうが」

「刀を引けい！」

その時、廊下の奥から声がし、一人の老人が現れた。

「大先生《おお》様」

師範代がその場にひれ伏すと、門人たちもそれに倣《なら》った。

大先生と呼ばれた老人は、瞼が垂れ下がった小さな目で戸田広之を一瞥すると、ふん、と鼻を鳴らし、馬鹿者めが、とつぶやいた。

「倅《せがれ》と、門弟どもの無礼をお詫び申す」

頭を下げる老人は、艶《つや》やかな顔を師範代に向けて、遺体を片づけるよう命じた。

「倅を殺した者を捜せと申されたが、おそらくそこに転がっておる客人の仲間。倅が屋敷に招き入れたのでしょう。しかし何者であるのか、当方には見当もつきませぬ」

「ならば教えてやろうか」

「ほほう、ご存じとあらば、是非に」

「甲賀者にござるか。ならばとうてい、我らでは歯が立ちませぬな。倅を喪ったからには、もはや当家に先はござらぬ。あと十年、いや五年若ければ、それがしの命を賭《と》して仇を討つのですが……」

「このまま、断絶となるのを待つのか」

「これも定めかと」

老人は悲しげに目を伏せた。

「大先生！」

門弟たちが、あっさりあきらめる老人に詰め寄り、お家継続に力を尽くすよう説得している。

だが、跡継ぎを喪った老人は、時が経《た》つにつれ気力を失い、今はもう、腑抜《ふぬ》けたようになってへたり込んでいる。

声をかけるのもはばかられるほどだったので、左近と小五郎は頭だけ下げて、道場をあとにした。